深林

校長題辭

飛揚思緒的文學之海

水煙紗漣文學獎至今已十四屆。

「水煙紗漣」的名稱，與暨大校園的環境息息相關，由生活所得、日常體悟所勾勒出的文學樣貌，亦脫離不了周遭所接觸的事物。而文學與現實生活點滴的聯繫，更是具體展現在文學獎的作品之中，碰撞出許多情感的火花。

水煙紗漣文學獎開放全校徵稿，也透過各個系所的參與，使不同的視野能夠融合並激盪更有趣的思考意境；從不同的角度切入，讓寫作不再被限制在既定的框架中。冀望這個活動的傳承，能讓喜愛創作的同學就近發揮，也讓校內的藝文風氣更加興盛！

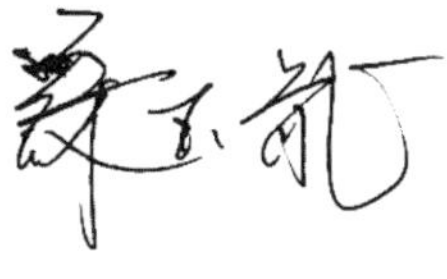

指導老師題辭

展現文學的自我意志

埔里是一個山明水秀的地方，居住在這裡的人，生產出許多具有豐富人文社會意涵的文藝作品，長久以來為臺灣文學的發展，增添不少絢麗的光彩。暨南大學水煙紗漣文學獎承襲這個傳統，鼓勵青年學子以山水景物為涵養，人文風土為底韻，創作具有思想生活意義的文學作品，為自己乃至時代社會，留下值得閱讀省思的蹤跡。

基於這個神聖的使命感，暨南大學對歷屆文學獎的舉辦，無不全力支持，特別是校長、圖書館與通識教育中心等單位，對於成就這場文學的盛會，居功厥偉。今年自然也不例外。這是首先必須提出來感謝的。其次，辦理這屆文學獎中文系學會的負責同學，自總召駱筱尹以下，無不戮力以赴，從申請經費，擬定策畫，工作分組，宣傳推廣，聯絡接待，協調運作，一直到現在作品集的編排規畫呈現，都在她/他們細膩的心思和認真的態度一一圓滿完成，也贏得參賽者、讀者、和評審等一致的好評。這是一般局外人很少能體會的辛苦，所以也在這裡特別提出來，以表彰其辛勞。

回想起一年前，剛接到文學獎指導老師的任務，內心其實很犯嘀咕：文學獎需要「指導」老師嗎？在我的想法中，文學是不能被「指導」的。文學，包括文學獎等活動，應該自發自主性的活動，任何「指導」介入都是不應該的。但是這是理想，不是實際。實際是：從行政協調支援，到人員策畫運作，文學獎需要一位能跟行政單位對話，又能幫助青年學子完成理想的協調者，或稱「指導老師」。但是如果年青人本身沒有足夠成熟的思想，行政系統過度干涉阻撓，那麼恐怕就無法避免成為一個以自我意識為中心，過度介入的「指導」老師。

這是為什麼我在這篇序中，首先提出了對學校行政單位的感謝：他們沒有以各種名目形成舉辦文學獎的困擾。其次表彰了學生們的辛勞：她/他們有足夠的獨立成熟度，在辦理過程中，不必也不會被指導老師操縱。我所需要做的，只是以我作為暨大老師的身份資歷，確保了這一切會順利進行。說明這一切，是想讓每個閱讀這本文學獎作品集的讀者，瞭解妳/你們讀的作品，是沒有受到意識形態污染，清純的如同埔里山泉般，真實反應當今青年人情感意志的作品。

呃，好吧。我招認我置入一些些個人的想法。我覺得不應該讓讀者在閱讀作品時，受到評審們在協調衝突後所擬定得獎名次的干擾。每個人心目中的第一名都應該是不一樣的，不是嗎？所以我建議編輯者不按名次編排作品。您可以看完這些得獎作品後，合上書，想想自己心目中得獎的次序是怎樣的，再翻到後面去看看您的想法和實際的得獎名單是否一致。如果一致，恭喜您（也許下次您買樂透也會中……）。但如果不一致，請您也不必太難過，得獎的次序，不代表作品的優劣，或者是否是篇好作品，有無閱讀的必要性。文學創作和閱讀的樂趣，難道不應從這裡產生？

謝謝我們系學會的年青人理解，並接受了這個自由（理想？）主義的「指導老師」粗淺卑微的意見。在我看，她/他們這屆表現得真的很棒！

是為序。

暨大中文

劉恆興記於埔里北村居

深林。

新詩 11

小說 61

新詩

評審介紹

岩上

1976 年創辦《詩脈》詩刊，推動七〇年代現代詩的回歸本土；1994 主編《笠》詩刊深耕本土寫實路線，強化本土詩學。創作的主軸以呈現生命投射的歷程軌跡與對土地、環境、社會人事物的關懷。出版《岩上八行詩》《漂流木》等詩集、兒童詩集《忙碌的布袋嘴》與《詩的存在》評論共二十幾種。作品譯為英、日、韓、蒙、印、德、西等文。

廖之韻

作家、詩人、肚皮舞孃。曾任雜誌、圖書出版主編，現為奇異果文創總編輯。

著有：現代詩《持續初戀直到水星逆轉》《以美人之名》，散文《快樂，自信，做妖精——我從肚皮舞改變的人生》《我吃了一座城——反芻臺北》，小說《裸・色》《備忘》等等。最新一本詩集《好好舞》於 2015 年 8 月出版。

林德俊

周遊在文學編輯、大學講師、專欄作家等多重身分。著有《成人童詩》、《樂善好詩》、《遊戲把詩搞大了》、《玩詩練功房》、《愛寫聚樂部》等書。創辦《詩評力》免費報，擔任《兩岸詩》台灣總編輯，策畫寶藏巖國際藝術村「詩引子」裝置展、飲冰室茶集「曖昧三行詩」徵稿等多項文創活動。現任「熊與貓咖啡書房&樸實文創」主人。

開場

岩上老師：

水煙紗漣文學獎新詩組，今晚由我們三位擔任評審，覺得在暨南大學、在山上滿詩情話意的，而且利用晚上來談文學、談新詩，頗有趣味！今年看到這些作品，剛剛跟幾位老師談問過，覺得程度還不錯，但是因為三位老師有個人選定的標準，等一下我們會稍微做溝通，然後先做初選，選出主辦單位要求先選出的六位，對於入圍的六位，我們三位評審會再做說明，到最後決定名次的時候，如果同學們或是老師們有意見或一些看法也可以加以討論。

廖之韻老師：

這一次看到的作品普遍來說都寫得還不錯，如果是以一個大學文學獎程度上來講，跟一般的文學獎程度其實差不多了，我覺得還滿棒的。那我們在寫現代詩的時候，除了注意你的主題和內容之外，還有一個很重要是它的韻律感。通常寫現代詩會犯的錯誤是不像詩的感覺；其次會把它寫得像分行的散文，一些短的詞，像但是、可是、還是、依然之類的或是連接詞，有時候你試試看把它省略掉，它詩的韻味會更出來一點；另外還有詩的結尾很重要，因為我覺得這次看的這二十多首作品，很多都好可惜，都是結尾弱掉了。

林德俊老師：

詩的精神就是「簡單就不簡單」，就像安藤忠雄的建築，線條很簡潔，但是它要很耐看，尤其是你走進這個建築裡面，也許只是安靜的待在某個角落，但就像我們走進一首詩一樣。我們會徘徊在一個句子上面很久，那我想詩就是一個這麼奇妙的形式，帶來一種奇妙的內涵，即便是很成熟的詩人，可能讀某一首名家名作時，也會特別對於它的某一個段落特別著迷。各位算是初踏入新詩創作之門的同學們，已經算是寫作的好手，那我在看各位作品的時候，如果說一個段落以特別的角度、特別的處理策略，就會吸引我想支持他。

在這個階段要追求成熟是不太容易，變成我們要擺盪在哪個標準之間，一個方向是它很穩當，沒犯什麼錯誤就比較平凡、平淡無奇；另外一個方向是它有很多明顯缺失，可是讓你覺得很有力量，他很敢寫但是會出槌。對我們評審來講，我想最大的掙扎就是在這個鐘擺的兩端，我到底是要找那一種企圖心比較小，但是比較穩當的作品，還是說企圖心比較大，但就是充滿了缺失。

我想我們三位評審老師心中各有一把尺，最後還是會回到我們的詩觀，對於我們詩的喜好確實因人而異，但是我們有三個人，相信三個人會有不同的角度、不同的視野，會帶來一種主觀當中相對的客觀。

作品介紹

一季，四季
國比一　周天琪

觀日步道
中文五　黃欣喬

青春千層夢
中文一　李　彤

跳繩
教政四　黃騰葳

後來的我們
中文四　陳詠雯

水路無鮭魚
中文四　吳暄靚

一季，四季

國比一　周天琪

如果一年都是暖春
誰還會在春意中沉淪
誰還會在暖意中眩暈
誰不願意
每天都是春
每個字都是一股流淌的空氣
彷彿含苞的骨朵
誰不願意有一個愜心的晨
合意得像半掩的門
門外景如半邊畫引人遐思
如果四季都名盛夏
誰還會傾心於上梢的月牙
誰還會對螢火蟲說著悄悄話
誰不願意每天都是夏
每個字都是一叢瑰麗的花

即便失了色彩也不乏了芬芳
誰不願意待夕下之時
手執一杯花茶
靜賞窗外燦爛的霞
如果一載都是素秋
誰還會執著於無病呻吟強絮愁
誰還會為落葉停留
誰不願意每天都是秋
每個字都是一筐簍
盛著緣愁　你可知否
如果一歲都為寒冬
誰還會鍾情於雪夜的色調
誰還會在雪月中消度夜闌
誰不願意每天都是冬
每個字都是一團雪球

載著童年　高飛遠走
然而又有誰願意
一年獨享一季呢

岩上：

四季的寫法一般來說都不討好，那在大學文學獎裏面還有人以四季來寫，這位同學冒很大的危險！那麼我會選它是因為它對大自然的變化有一種不同的方向，春天如果不是這樣就不像春天，夏天不是這樣就不像夏天……。對於大自然四季的變化，它有從不同的角度去看、去詮釋，有時候很熟悉的題材不是不能寫，就是要看你怎麼去處理，從另外一個角度，從另外一種手法，也可以把它翻新，因為畢竟同學生活上的經驗還是很有限，但是從表達這樣一個方式來看，還是很重要的。

林德俊：

我跟岩上老師都有選，我很喜歡這首詩跟〈觀日步道〉的原因很類似，它乾淨、唯美，那麼我想也不須多言，岩上老師已經談了不少。

廖之韻：

其實我還滿喜歡它的結尾：「因為有誰厭惡上一季」，它整首詩的詩題可以因為這樣做一個總結，因為它裡面有一堆提問，像是誰還會怎樣之類的。可是我沒有選這一篇是因為，第一個，我覺得像岩上老師說的，寫四季要寫出新意還滿難，那它的四季從春夏秋冬開始，為什麼要從春天開始寫？另外一個就是說它裡面春夏秋冬的意象我覺得還滿一般，沒有說用本來的意象去做一個更豐富的寫作，或者是一個象徵，所以我沒有選它，但是我會覺得它想要表達的企圖是還滿好的。

恭禧發財

觀日步道

中文五　黃欣喬

早晨五點零四分
把山的悠靜
搭在肩上
出走

風細細
串著三角鐵獨奏
覆在涼被下　　林子
有深有淺
暗色系的色票拼圖

越往上　越陡
再過十分鐘就是六點二十
日光為濃濃的水墨
調上一抹淡淡粉紅

我們等
六點四七

天空的盒子一打開
撲過來
灑了一地
日子燙成一首詩
駐足

待石階上的翠綠
印上歸途
忘不掉的　　是
日出
雲海
山林　還是

綴著風景的笑語
我摘了一把
揣在懷中

作品講解

廖之韻：

這篇我給他的分數還滿高的，一樣都是用比較簡單的句子寫出詩的感覺，可是我會覺得它有一些地方可以精煉一點，因為詩它是一個非常精練的語言，比如第五段：「待石階上的翠綠／印上歸途／忘不掉的／是／日出／雲海／山林／還是／綴著風景的笑語」，我會覺得這一段的贅字有點多。比如說一些「是」、「還是」，或是日出、雲海、山林，沒有必要這樣子排列在那邊，因為想到日出，就會想到雲海，就會想到山林，這樣子對詩來講，它的想像力，還有它的跳躍性似乎少了一些，這是可以再加強的地方。

可是我很喜歡「觀日步道」最後的結尾：「我摘了一把／揣在懷中」，這兩個句子把結尾收掉，給我很有餘韻的感覺。他把他在觀日步道看到的景色，或者是把他度過的凌晨時光，抓了一把揣在懷中，他沒說他到底抓了一把什麼東西，我覺得這是一個滿符合詩的想像。

林德俊：

〈觀日步道〉這首詩很乾淨、唯美，像之韻老師提到，它的餘韻非常棒。那麼這裏面會牽扯到岩上老師說的數字問題。其實我倒是覺得你在詩裡面「再過十分鐘就是六點二十」，為什麼是六點二十？那六點二十到二十七，到底任意性以及非任意性要如何拿捏？如果是很明確的六點幾分，甚至你可以六點二十分三十五秒，那這個跟六點二十分的差別是在哪裡？

差別其實是在一個具體感，我們在寫詩的時候，詩就是要以具體去表抽象，或者你的這個具象去反射我們內心一種難以捉摸的狀態，所以是以有形來狀無形。那麼意象，事實上也是帶來詩的具體化的方式，但是這種很明確的比如一個數字，它的時間點我覺得也是一種，以有形來狀無形的方式。它在我這六篇裡面排名是名列前茅的，所以我非常的支持這一首詩。

岩上：

這一首詩我留意很久，沒有在六名以內的主要原因是它的時間點，幾點幾分，一般詩都會注意幾點幾分，這幾點幾分出現的三個地方，有沒有什麼特別的意義？我一直在想空間和時間落在這個地方，那它這一段詩到底要呈現什麼？我一直在思考。有時候我們寫詩需要準確，準確跟確定不一樣，時間點在這個地方，這是準確還是確定？這個是不一樣的，對於詩的表現，準確性很重要，可是你在確定了以後，對於詩就被擋住了。

你認為這是一個杯子，你替它命名的時候它真的只是一個杯子嗎？這個就是詩，你替它命名為杯子的時候，你就是一個偉大的詩人，詩人有這個權利，有義務替萬物命名，可是為萬物命名之後這個東西就死掉了，因為事實上它可以有很多的說法，很多的觀點，你不能確定說它只是一個杯子。所以這首詩對於時間點的運用是我所思考的一個問題，不過整體上來說這一首詩還是不錯的。

青春千層夢

中文一　李　彤

第十八層

妳的目光是盤在穹頂的鷹，蓬翅
如一把雙頭匕首與風競速
刺傷燒灼炎風，以脆利自信割斷猖妄狂流，妳
俐落地將天際線抽拉成一絲豪霸
群雲奔散在新築落的塔頂，圍織成一串果敢白布條
宣示青春的　領地

第四十層

輕呵一口氣，溫差凝成灰軟的霧團矇住感官
湮陷在喉腔的粒粒字句
妳宛如某支南島族群失落的語音　不復掘現
驀地，恍然領略了無語凝咽的美與哀，
下一個鏡頭
世界便駐紮在歷史擺渡的悠悠潮水

第七十三層

沙啞正聲嘶力竭吮吸大海
自由在心志背馳下失了焦，流放邊疆的靈肉躑躅流連
動與靜的目的皆來證印自己未嘗只是寄客

第一千層

光與影互相咬噛，一路扭打進棄廢的坑道
除滅老化的垃圾於是我能無畏搓揉向晚的火焰
再來　再燃　再戰　再綻
瞧！妳光采的雙輪依舊乍然迸射

細響都匿隱消褪，唯沉默傾盆而瀉
酸雨吻著墓誌銘，蔓生叢草咀嚼蝕鏽的皮骨
我的輪廓逸散在柔憫月光下，釀一壺笑淚摻混的漿露
濕浸一地鮮花腐泥　獻妳，敬妳

根柢

最後一喚　時光倒進堰塞湖
封印所有流動後，宿命重甦在循環的窯洞
而我醒在妳忽明忽暗的夢裡，跳著千層，眠與覺的踢踏舞
死疾和荒蕪只是無稽之談
迎逆來的竟是寰宇初生的草坪

我大力嚥吞一口青春咒語
又全嘔吐在生命的麥田圈
為她刺紋萬千層豔麗圖錦

景色正燦亮，有一尾魚躍出晴空
風修補了傷口再度奮起青浪，拍進零的夾層
從底層緩緩升燙，最真實的夢的溫度

妳是一棵白千層　摺藏了前世的秘語
我撕扯下白千層將剝落的樹皮
小心翼翼地擒捂這一片時光，薄薄地夾落在青春裡
捏太緊會刺痛手心，溜走了才回過神
緩緩鬆掌，終究是　兩個畸零之人的孳息

岩上：

我原來選的六篇裡面是放棄這首的，後來再重新思考，又把它拉回來。青春有很多的層面，不過為什麼要十八層、要四十層、要七十三層、要一千層呢？我覺得就是一個任意性，因為這個十八、四十、七十三有沒有什麼特別？這個同學用這樣幾層號碼有什麼特別之處，我看不出來，不過這首詩認為青春允許有很多的變化，青春有這麼多變化我覺得不錯，所以我選它。不過每一層整體詩的結構性，還是不夠具體，對於每一首詩來說，它要是一個有具體，而不是每一段，每一段分開的。

廖之韻：

其實我跟岩上老師有同樣的疑惑，我一直在想說第十八層、四十層、七十三層、一千層到底是有什麼意義，我看了很久還是看不出來。其實就是在詩裡面給它小標的時候要稍微想一下，為什麼要那些小標，要讓人家看的出來意義在哪裡。

林德俊：

我感覺這個作者非常有才氣，也是很有天分，非常的有力量。只是說我們遇到組詩，通常一組詩也是分成幾小首，那你要達到一致性的語言高度，或者是一個作品的成熟度，其實不太容易。我就覺得第十八層非常好，可是其他那幾層沒有那麼好，雖然我最後還是勾選了它，只是它不是我前三名的作品。

跳繩

教政四　黃騰葳

跳繩被埋在床底的厚紙箱裡
與布偶釘板和星象盤一起
飛盤與各式廉價贈品
沉積

時而岩層翻攪
生鏽的雕刻刀組相互撞擊
在彼此身上鏤上歲月的痕跡
彈珠與小車模型鎔鑄在彩球的紋理中
跳繩依舊文絲不動
因為它埋得夠深
埋在巷口嬉鬧的歡愉在那
受傷回家的淚痕之下

五天，十天
蠹魚始悠游在蒙塵的童稚間
五年，十年

某日午後我憶起它
憶起那盤根錯節的綠色長髮
於是左一鏟右一鏟
鑿開被凝縮的時間
然
後
用
力
轉
動
那　童年
膠
化
的
塑
膠
繩
哈啾！

這ㄏㄨㄟ……
回憶太過刺鼻

岩上：

我選的最高的分數是「跳繩」這一首詩，「跳繩」這一首詩是用跳繩來回憶童年的事情，我覺得取材非常好，另外它表現了它的技巧，而且還有一個圖像，這圖像滿有意思的，它用跳繩交代童年，並且把它轉化為跳繩這樣的一個動作，在圖像表現上有一個動感，最有趣的是它的結尾：「哈啾！／這ㄏㄨㄟ……／回憶太過刺鼻」，我覺得它滿有趣味性。這個繩子已經從童年放到現在、已經很多的灰塵，童年的往事現在重新回憶起來的時候，會感覺到最後一個哈啾就是過去童年的調皮，童年的一些奇奇怪怪的玩法，現在都成為「ㄏㄨㄟ」，這個「ㄏㄨㄟ」用注音符號，我覺得滿有意思、滿特別的，這個「ㄏㄨㄟ」字的注音符號會讓我們有更多層次的感覺，所以「跳繩」這一首詩，是我最喜歡的一首。

廖之韻：

「跳繩」這一篇我跟岩上老師一樣，它是我的首選，可是我又跟岩上老師不太一樣。就是那個「哈啾！／這ㄏㄨㄟ……／回憶太過刺鼻」，我會覺得「回憶太過刺鼻」好像寫得太明明白白了一點，如果直接結尾在那個圖像式的跳繩，會讓人家延伸想像比較多，就像是童年刺到你自己怎麼樣的回憶，因為你前面四段已經寫很多了。但是這篇是沒有什麼太大問題的一首詩。

林德俊：

我沒有選它，其實我是很喜歡這一首詩，這是一首很頑皮的詩，它的主題是時光、成長，那成長的另一個代換詞是衰敗，所以其實它是用某一種舉輕若重的方式，來談一種很嚴肅、很深刻對於人生的咀嚼。那我為什麼沒有選它，我對圖像詩還滿有研究的，所以我覺得如果你要解圖像詩，最好還是要有一個整體表現，從第一行開始到結尾，整首詩應該要呈現一種視覺圖像的整體感，而不是到某一個段落突然讓文字動一動，對我而言，以圖像詩來講它有一些比較不完整的地方。但是我還是很喜歡跳繩的印象，我看過很多作品包括成人文學獎，也很少看到把跳繩的印象用的這麼徹底的。

後來的我們

中文四　陳詠雯

儘管可能記得彼此的溫度
以及那幾夜無數次的捱肩碰撞
卻也無可奈何的
必須退守回各自的陽台
因為目光
因為關切
因為所有對於年歲的質疑

你說那是暴力
我沉默不語

離開曾經共同的路面後
我說想念柏油路深夜雨後的氣息
但你記牢的
卻是路旁篇幅不一的文字

於此我反覆懷疑過
那幾夜的我們究竟是否真的在場

後來我問你
當時的夜空裡到底有沒有星星
你搖頭吐盡肺裡最後一口菸
只說你依稀記得幾個背光的身影
還有當下對於每個明日的所有焦慮

而更之後的日子
明日無感地複製著今日
有些人重蹈了一些舊日的錯誤
就像我因為某些無意識的技術性失誤
再次種死了幾盆觀葉植物
你試了幾種新口味的菸之後

又換回了最原初的那種
但我們仍保有某些共同的密語
或笑話
就算離場時隨手帶走的花已然凋萎
只留下了一片褐黃的花瓣

我們不再談論
也不被允許提及任何相關的字句
只是靜默的走在自己的路上等待著
他人對我們的解釋

後來的我們
多半已經知曉了事實與解釋的差異
然後或走或停的

步向他方

林德俊：

我覺得它是在處理一個人生哲學的命題，我心目中排名滿前面的，它其實也是一首成長之詩。它有一點口語化，但我覺得是刻意的，刻意用一種比較平白的方式來做出一個舉重若輕的表現，我很喜歡最後一段：「後來的我們／多半已經知曉了事實與解釋的差異／然後或走或停的／步向他方」，這個「他方」非常好，「方」音韻的設定很開闊，是很有餘韻的一個設計。

如果說你最後一段的最後一句的最後一個字是重聲，通常它的餘韻會比較弱，那當然要看你詩的主題是什麼，有些詩是要比較鏗鏘的寫法，那當然你就要多用重聲作寫法；那如果是比較抒情的，或是說你要創造出綿綿不絕的餘韻，那麼就是很適合這樣子的處理。像是最後一段的「事實與解釋的差異」，其實它就是一種很哲學的辯證層次的思考，這樣的詩好像什麼都沒說，又好像什麼都說盡了，我覺得這是詩的一個滿高妙的狀態。

水路無鮭魚

中文四　吳暄靚

不得不說

水還是那麼溫柔　但
只要進度再快
紅色迴游潮就要絕版
水土不服的返家游子，很糗
可是星光也早已無法
牽引歸魚
我想我們都必須堅強

電線杆纏著雲說「此路不通」　可是
照例是要歸巢
雨燕拍著城市裡的孤獨盤旋盤旋再盤旋
莫不是當年那隻堂前燕？
阿茲海默或離家太久或忘了開導航
我想我們都必須堅強

老饕客蘸著哇沙米對我說「多謝款待」　可是
古人有云：少小離家老大回
家鄉的盡頭不是牙齒不是砧板不是客死異鄉的不甘
划著馬路上的路牌尋找尋找再尋找
路痴或文盲或無法跨越的攔砂壩
我想我們都必須堅強

還是得說
近鄉情怯的瑰紅是害羞是愉悅是心跳加速
然　水窮處哪裡是回家的路
還好山頂夠高離天不遠　在
縱身雲海之前　我有
小小要求——
「請神賜腿」

岩上：

這是寫回家，帶有大自然已經被破壞的一種思考，詩的內容提到魚要回家，鮭魚要回家是要逆水回到原點，以及人回到原點。這種思考也滿不錯的。我年紀大了以後一直在思考人怎麼回到原點，其實從現象學的方式來講，很多的現代詩對現象學也要有研究，回到了原點就是回到了原初，回到了原初就是回到了土地的原初、生存的原初，回到事物的本質，這樣子思考的時候，我覺得也是滿好的一個詩的題目。

但是這一首詩用了一些「但」、「可是」，我覺得寫詩最好不要使用這樣的轉折和連接詞。詩跟散文最大的不同是，你連接詞把它連接了，這樣子詩就會變成散文，那詩的跳躍性、詩的輝映性就會減低，詩是一個跳動的語言，法國的詩人梵樂希說過：「詩是跳舞，散文是走路」，這一句話，很多人知道怎樣去悟出詩與散文的區別，就是走路跟跳的不同，那麼這一首詩裡面用了一個「但」、「可是」，把詩的原來的跳躍語言破壞掉了。

但是我也要在這個地方加一句，有一些作品跳躍語言用太多也不好，其實詩最重要的是一個關係，是一個物跟我、我與物、物與物之間的關係。怎麼樣做一個好的關係，好的關係要有相似性，沒有相似性、沒有連結性的關係，硬把它加起來的一個理由，就產生了矛盾。詩也在一個矛盾中產生，既要讓它產生矛盾，又要讓它有所關係，難度就在這個地方，所以這個語詞，物與物、物與我之間的關係怎麼樣去把它連接的好，這個中間動輒很重要。

各位我們在這邊同學如果是中文系的，讀古詩詞注意它的關鍵字，其實就在那個動詞，如果動詞用得好，這整個詩的距離是活的，動詞用得不好，詩只是一個印象堆砌起來，它沒有辦法產生活力。動詞用得好，第一個意象跳動到另一個意象的時候，它會產生一條線，一條線是明顯或是不明顯的線，這條線意象會連接的非常好，在這個地方我就順便再加強說明一下。

林德俊：

這一首詩我覺得很可愛，其實是有一點環保跟生態意識，充滿青春世代的語感、黑色幽默處理得很好，我倒覺得各位應該多寫這樣展現你們時代語彙的作品，其實也滿棒的。

廖之韻：

我覺得是這是一個差不多的問題，就是它的主題跟它的內容是很好，就是文字還有寫法上我覺得不太像一首詩，它少了一些詩的精簡，還有它的所謂詩的美感。可是它的主題，或者它想要反覆的那種感覺，我覺得這些想要表達的東西還不錯。

第一名：〈觀日步道〉

中文五　黃欣喬

第二名：〈跳繩〉

教政四　黃騰葳

第三名：〈後來的我們〉

中文四　陳詠雯

佳　作：〈一季，四季〉

國比一　周天琪

〈水路無鮭魚〉

中文四　吳暄靚

〈青春千層夢〉

中文一　李　彤

提問

提問者：

曾經聽過一句話，就是台灣人不讀詩，那在我個人的觀察之下，現在的社會因為刺激性太強的產物，把大家的胃口養得有點大，所以或許我們會喜歡看簡短的散文，或者是新奇的小說，那在各位老師的觀點下，詩的市場或者是詩的舞台現在到底在哪裡？

岩上：

台灣其實沒有什麼舞台，我常常跟年輕人這樣子講，寫詩幹什麼不要寫啦！可是現在年輕的人想法就不一樣。寫詩既是無名也無利，那為什麼還要寫詩？對我來說寫詩有兩個方向：一個是面對自己、一個是面對我生存的環境。我寫詩記錄了我的生活過程，也記錄了我在這片土地上、在這個社會上，我經驗到的或者我看到的一些事情。

所以從我的作品裡頭，可以看到我從年少時不懂人世的心，一直到老的生命過程，都可以在我的詩裡找到紀錄，也可以看到我的詩在各種不同年代裡面，我的詩到底在寫了些什麼，我對於詩的最肯定是在這一點。

當然每一個人的肯定不同，所以這一位同學問說，沒有市場，像我的詩集裡面，可以說早期好幾本詩集都是自費出版的，我一直到三十幾歲的時候才出版第一本書籍，以前十幾歲就開始寫詩了，那為什麼沒有出版？因為沒有錢，那個時候要自費出版。那麼現在情況不同了，出版社甚至可以免費幫作者出版，但也只是將你的詩集送個幾本給作者，其中也沒有什麼利可以得。可能兩位老師他們的看法不一樣。

廖之韻：

我覺得以現在這個狀況來說，你要先回過頭來想什麼是詩，除了我們剛才同學寫的那些作品，用文字寫下來之外，會不會覺得詩還有其他可能？像之前德俊老師玩詩合作社，也做過詩其他種可能的形式表現。那回到我們的紙本詩，你說詩沒有市場，但是我覺得不會耶！比如說羅毓嘉他的詩集賣得很好，而也有原本是寫小說類型的作家，出了一本詩集也賣得不錯。

大家在寫詩的時候，你除了去看別人好的作品之外，另外一個也很重要的是你要去發展出你自己的特色，當然一開始我們是模仿，可是模仿過了之後你要去摸索出自己的特色，這樣你不管是詩或者是創作，才能有你所謂的立足之地。

那為什麼現在你們不讀詩？其實我一直在想，以創作者而言，很多創作者本來都寫詩，後來轉寫小說或是散文，甚至是寫所謂比較大眾文學的類型。當然他們本身有一些生活上的考量；另外還有一個就是說，寫詩，你不見得很執著說我一定要寫詩，我覺得你或許可以用寫詩這件事情，當作你一個練字很好的方法。那還有一個就是，當你問這個問題的時候，我會想問，你有沒有讀很多詩？或是有沒有買很多詩集來看？

提問者回答：

不敢說多，但是會有在看，可是因為我個人的閱讀層面會偏向於比較傳統的作品，比方說余光中，對於寫詩設定會較多一點，讀得也相對比較少一點，那先回答之韻老師剛剛一個問題，會覺得什麼是詩呢？對我來講，寫詩就好像小心翼翼把你心裡的某一部份情緒割下來，然後丟在路邊，有人看到就把它撿起來，那這樣的話，我會很謝謝這個人，可是大部分的時間大家看到後，就只是走過去而已。

我覺得我寫詩的目的，除了記錄人生以外，就是在等待它被撿起來的時候。但是為什麼我還會問詩的市場在哪裡？因為我個人本身有修教育課程，身為一個國文老師，他會要求我們去發展文創方面的事情，如果今天我們要帶給學生一個，把文學跟現實層面融合在一起的，藉由各位老師的眼睛，我們能看到什麼樣的可能性，這是我非常想知道。

廖之韻：

你又問了一個很大的問題。我覺得不管寫小說、詩或者散文，為什麼我們要學文學或是學國文這些事情，很重要的是我們使用文字的能力，還有一個是我們如何用語言去跟世界溝通和所謂說故事的能力。其實就算未來不走文學這一行，像是常說的文創展業，或者是很多人想要做的行銷、傳播之類的，如何去和別人做一個連結，怎麼樣去說故事，把你自己想要的想法表現出來很重要。就算你做一個文創商品，也不能只是擺在那邊，而是你要賦予他一個故事或背後的意涵，我覺得這就是我們學習用語言文字，對於未來生活很實用的一面。

林德俊：

那可以去看我的兩本書，一個是《遊戲把詩稿大》和《玩詩練功房》，這是直接教案型的著作，但是我想還是用兩句話，當然也代表兩位老師，來提供你一個指引。第一個，岩上老師剛才很謙虛的說，他的書好像沒有賣得很好過，但是請注意，岩上老師在詩壇是一位大師，他有一個剛剛出版的詩集，在外面是買不到的，因為是南投縣政府文化局編印，是大師才能夠出版這樣一個詩集。所以有時候詩是一種魅力的呈現，是透過文字展現一種魅力。那剛才說什麼叫做文創？其實這也是一個可大可小的概念，像是廖老師她同時也是一個舞孃，她如何把舞蹈這看似跟詩不相關的藝術次領域，跟現代詩結合起來，其實這也是一種跨界、也是一種文創；你也可以從我的一些書籍裡找到你要的解答，所以現在你要做的事情還很多，就是要大量的閱讀！

總結

岩上：

首先恭喜各位同學得獎，沒有的獎的同學，其實評審多多少少都會有些誤差。有得獎的我們當然很高興，沒有得獎的也不見得就是你的作品不好，其實整個評審的過程，大家都看到我們是非常公正公平的進行，當然三位老師有個人的美學觀點，文學觀點也都有些不一樣，我們這次算是很圓滿的，大概是我們三個人的交集點還滿接近，絕對沒有離得很遠。

今天晚上也有很多老師來參加，非常的感謝。也有同學來這邊看我們評審的過程，也有評審老師給各位同學批評的過程，或者是寫作方面的參考。尤其是利用晚上來做評審的工作我覺得是暨大主辦單位設計得滿用心，在白天同學不一定有時間，那如果是在晚上舉行評審，就能夠有更多同學參與，我覺得非常好。

廖之韻：

評選結果出來了，很多同學很開心得獎，那沒得獎的真的不要傷心。就我以前參加過文學獎的心情來說，沒有得獎的時候真的會怨恨評審，可是我真的覺得這麼多作品我們只能選個幾篇出來，不是說沒有選到你就真的不好，每首詩都有它自己各自的優缺點，那當然希望大家繼續寫下去，或許也可以多看看一些別人的作品，多一點閱讀參考，我覺得這在寫作上雖然是老生常談，可是多閱讀我覺得還是滿有效的。裡面有一些作品，我自己滿喜歡的，可是沒有得名次，那就加油囉，或者沒得獎的作品也可以去投別的試試看！

林德俊：

真的沒有得獎有時候是一種福氣，因為聽了評審的意見，然後改一改，功力馬上倍增，去投更多的稿，投更多的文學獎，然後就得獎了，得的比這個首獎的獎金還高。所以其實塞翁失馬，焉知非福，剛剛岩上老師說三位評審老師多少有點誤差，那我倒覺得我是絲毫沒有誤差，因為我選出來都是好作品，包括沒得獎的都是好作品。

因為我們三位老師平常的休閒娛樂時間，很大一部份是撥給各校的文學獎，會出席各種文學獎場合去擔任評審，看得作品很多。我今天到了某一個學校的文學獎場合，其實最希望的是看到這一個學校的這一批作品，它可以呈現出某種整體的特別趨向，那以今天我來看這批作品，我覺得貴校的趨向是奇葩很多，就是那一種怪異的作品，或者說一種別的地方看不到的作品，像這樣子的作品占了一定比例。

那我先不管它的處理技術成不成熟，有些作品真的是很有特色，這個就是說我認為現階段最重要的，就是你寧可寫出很有特色，但是其實不怎麼好的作品，這就是在我們初學寫詩的階段，我們寧可大膽一點、實驗一點，這個階段你敢寫、你能寫才最重要。能寫是進入社會更高階文學獎應該去注意的部分，那這個階段我覺得要用力的、大膽的去揮灑，我最討厭看到那種不痛不癢的作品；我喜歡那種一看就覺得它的表現方式很特別，可是寫得有夠爛的作品，非常不穩當但是很有特色，我寧可去讀這些特別的作品，這個就是我最後覺得一定要跟各位分享的觀念，敢寫比能寫更重要。

岩上：

各位同學生在這個年代，以有文學獎來說，是非常的幸運，我們那個年代沒有指導老師，也沒有什麼獎，那我們要以什麼樣的理由去堅持寫這個東西？我看年輕的作家詩人，打開他們的經歷，都很多很特別的獎，那對於我們這年代這是非常羨慕。像是民國六十二年，我第一次得獎是吳濁流文學獎，全國只有一位。所以你看我們那個年代是要得什麼獎？學校也沒有什麼獎可以得，得獎可以說是非常困難。

所以各位同學沒有得獎絕對不要灰心，還是有很多的機會，如果要走文學這條路，不只有學校文學獎，還有很多大獎都等著各位，學校文學獎是培養我們興趣，當然學校文學獎也是滿具有代表性的。所以沒有得獎的同學要繼續努力，得獎的也要繼續努力。

小說

評審介紹

傅月庵

資深編輯人。臺大歷史研究所肄業，曾任出版社總編輯，二手書店總監，以「編輯」立身，「書人」立心，間亦寫作，筆鋒多情而不失其識見，文章散見兩岸三地網路、報章雜誌。著有《生涯一蠹魚》、《蠹魚頭的舊書店地圖》、《天上大風》等。

朱宥勳

耕莘青年寫作會成員。在寫小說、讀小說、學一點理論的同時，也是棒球和電競的觀眾。曾出版短篇小說集《誤遞》、《堊觀》，以及長篇小說《暗影》，評論散文集《學校不敢教的小說》。與黃崇凱共同主編《台灣七年級小說金典》。2013 年起，與一群朋友創辦電子書評雜誌《秘密讀者》，擔任編輯委員。

舞鶴

著有《悲傷》、《思索阿邦．卡露斯》、《十七歲之海》、《餘生》、《鬼兒與阿妖》、《舞鶴淡水》、《亂迷》。作品曾獲吳濁流文學獎、賴和文學獎、中國時報文學獎推薦獎、東元臺灣小說獎、臺北文學獎創作獎、中國時報開卷十大好書獎、聯合報讀書人最佳書獎、金鼎獎優良圖書推薦獎等。

《餘生》法文版，由巴黎 ACTES SUD 出版公司出版。

傅月庵老師：

在過去有很長的一段時間，文學獎的評審被奉若神明，他們講的話好像就能註生註死，那是大家在一九九零年代，文學的位置還很高的時候，台灣的文學獎也沒這麼多，大家總是，每一次的譬如時報文學獎、聯合文學獎，他們只要揭曉之後，大家都要爭著看，評審幾人？評審到底是怎樣看待這些作品？那時候評審像神一樣，可是過了這二十多年之後，現在的評審比較像算命的。我覺得這有個好處，也就是說，文學不會再被大家當作這麼高不可及的東西，尤其是在電腦出現的時候，人人都可以寫作，人人都可以創作，從某個角度來講這是好的。

再來另外一個，我的出生也會決定我在評審時的重點，你可以說朱宥勳老師他是一個創作者、他是學院的，這是他的背景；我的背景是一個編輯，編輯在看一個作品的時候沒有那麼純粹，他比較雜的，也就是說我在看他的時候，我不僅僅看他的文學程度、他在文學上面有沒有達到某一種水準，我還會去考量到市場這件事情，也就是我覺得這個人他將來寫出來的東西，會不會被絕大多數的讀者接受，因此我就不會那麼純文學了。

用這樣的分法，我的標準就是會找他們好看、有趣的小說，我不會強制的去分他純文學或者是大眾文學。我有我的盲點，我有我的限制，我現在跟大家講的也就是說你們找來的一個評審，這一個就是這樣，他有他的限制、他有他的盲點，可是就、我也不會避諱我的盲點，我也不講說我是什麼我都懂的、那就我來看，因此被我選中的你不要那麼高興，被我講不好，沒有讓我把他評上去的，你也不用太難過，純然是緣分，這是跟大家報告的第一件事情。

第二件事情我要講的是全部的作品，很湊巧的，就是在評暨南大學文學獎的時候，我同時也在評另一個大學的文學獎，那個大學是一個很大的大學、人口數很多的，可是就這一屆來講，這一屆暨南大學的整體水準明顯高過另一個大學。而且我很訝異，甚至於有那些作品是我覺得，你幹嘛參加大學文學獎，你應該出去外面，你應該去時報文學去投投看，或者是更大的，你不應該在 3A 混啦，你應該到大聯盟去！有這樣的作品，那是讓我很訝異的。

就算我覺得這邊跟我無緣的，其實我也不敢斷然地講，我看了一次、看了兩次，可是我也不敢講說他的作品不好，我只能跟你講：他跟我不太合一點，但是相對於另外一家大學有一些作品，我馬上就可以很清楚的講這個不行。但是在這邊的沒有一篇是我敢這樣地講，我只能講我很主觀的看法，他在哪一邊還可以再加強、在哪邊還可以再補足。

朱宥勳老師：

大致上前面很多東西我都同意傅月庵老師的說法，就是每一次文學獎評審組幾乎都決定得獎組了，在你選定評審的那瞬間，得獎主就已經註定了，只是我們還沒有說出來而已，那換一個組合就會換一群人，所以我們也不用去避諱說這是一個此時此地特殊的情形。

有些作者證明了他有非常好的文字能力，但是他的文字很差。就這件事聽起來可能是違反直覺，但是我的意思就是在小說的世界，文字好不是馬力開足、一次油門踩到底，然後每個字把它雕得很漂亮就是文字好；通常你那樣寫對我來說就是文字不好，因為你不知道怎麼控制力道，你不知道什麼時候要鬆、什麼時候要緊、什麼時候要慢慢來、然後什麼時候給我致命一擊。甚至我常常會說一句話——當你很認真想要玩文字的時候，你就會被文字玩——因為當你太認真在表達，去把句子修得很不直覺，文學的第一步確實讓它變得不直覺、要讓它陌生，但當你把它修得很陌生，你會開始不認識字，字也不認識你，然後你會說出自己也不知道為什麼要說的話。

這批小說裡面有幾篇出現這樣的狀態，如果待會出現這樣的情況我可能稍微會想說你的作品，會想特別跟作者說一下——萬一你沒有得到很好的名次，我相信你花了非常非常大的力氣寫，但是你不要太失望，因為你做的是一件浪費才能的事，不是你沒有才能，只是你把才能浪費在錯誤的地方，你需要補強的是一些很基本很簡單的東西，你很快就可以補起來。

作品介紹

開門
中文四　蔡立碁

河石
中文四　彭　筠

願望
教政四　黃騰葳

鞋
中文四　曹育愷

卸妝
中文四　陳詠雯

污
中文三　盧娜慧

開門

中文四　蔡立碁

門半開著。

周儀剛停好機車，就瞧見公寓大門微敞，縫隙中的一絲陰鬱也奪框而出。那股仿似要吞噬一切的黑暗，不由得令他記起五、六年前，與母親剛搬進這所公寓時的情況。風冷雨疾。當時母親帶著他與一箱行李、以及幾張僅存的財產證明，搬入環境髒亂，還在不久前發生過連環失竊案的社區，可說除了如凶宅般的便宜租金（儘管如此，北部租金還是高得嚇人）外一無是處。如今周儀早已成年，雖幾度想勸說母親搬家，但一來自己剛踏入社會工作，經濟狀況還不甚穩定；二來畢竟與這裡鄰居相處良久，萬一出什麼意外總能有個照應——自我安慰的說法越多越有效。

但不關大門這點實在讓周儀頭痛異常。前幾年倒也無妨，當時周儀還在不遠的科技大學就讀，除了打工、上課以外，空閒時間幾乎都待在家中，但開始工作後往往早出晚歸，被主管或資深員工要求加夜班的情況更屢見不鮮。但更重要的是，父親最近不知透過什麼管道，得知他與母親住在這裡的消息，三不五時就會出現在巷口，最近一次更闖進大門，悄悄在周儀家門前放上一袋生鮮蔬果。

「絕不能讓母親見到那傢伙。」一想到父親醜陋的覬覦嘴臉，周儀只覺他腦門一股刺痛。他顧不得剛摘下安全帽的亂髮，拔出機車鑰匙後，就急急走向公寓，沿著一樓大門後的暗紅色欄杆，向上窺望疾行。

一貫的老公寓格局，每層樓兩間房，共用一條狹窄樓梯。周儀所住的三樓，左側原本是一間空房，但前幾天新搬進一名叫香香的女生，那天周儀正好放假，出於敦親睦鄰，便犧牲難得假期幫忙她整理龐大的行李數量。右側是自己家門，兩扇，第一道是毫無美感的鐵藍色，由於北部天氣潮濕的緣故，鎖頭與邊角處甚至佈滿不知是鏽斑抑或苔蘚植物的暗綠；第二道則是紗窗鋁門，上半部五枝鋁柱連著下方實心，杜後約百來條的尼龍紗繩編成一道網，由於年久失修，早已出現不少破洞，防蚊防蟲的功能蕩然無存。

門後不斷傳來塑膠與紙盒摩擦的沙沙聲，周儀只覺他的右眼皮開始顫動。推開門，聲音是從廚房傳來的。周儀一面脫鞋，一面試圖用他最平和的語調提問：「那傢伙今天來過？」

其實周儀一直都不懂母親是怎麼看待父親，又或者怎麼看待那段婚姻的。但在他眼中，他們的相遇與相戀打從開始，就是毫不美麗的錯誤，即使他剛看見客廳桌上滿滿的洋菸、洋酒以及燕窩組合時，念頭依舊，甚至更加厭惡。他再清楚不過，這些禮品與父親從母親那拐騙來的財產相比，根本不值一哂。

「又拿這堆東西來收買？」周儀走到廚房，看著冰箱前的母親正忙於將一盒盒上等美國牛肉塞進冷凍庫。「媽，妳沒讓『牠』進來吧？」

「媽？」

「他原本要進來的。但我跟他說你今天比較早下班，等等就會回來。」母親躲在冰箱門後，然後蹲下將另一批高山蔬菜放進下層。「小儀，其實我覺得你爸已經改很多……」

「牠不是我爸。」周儀走向前握住冰箱門把，語調不自覺地下沉：「妳忘記牠騙走你多少財產？而且還在這種鬼天氣將我們趕出門外？又或者妳忘記牠與俄羅斯婊子拍拖，將離婚協議書丟到妳臉上的情況？」

「小儀，他真的收斂很多，而且前幾年如果不是他匯錢過來……」

「我一毛錢也沒動，妳以為我當時接了三四份打工是為什麼？何況那些錢原本就該是妳的！」周儀深深吸一口氣，試圖回歸剛進家門時的音調，但看來是徒勞無功：「明天妳如果煮這些東西，我會出門買便當吃。還有桌上那些菸酒，對身體不好，我也討厭菸味。妳隨便找親戚送給他們。」

整理完食材的母親沒有回話，只是關上冰箱，穿過周儀身邊後開始清點客廳桌上事物。周儀知道這是母親的怨忿表現、同時也是一個讓步，不再多說，就逕自走回臥室準備盥洗用品，徒留客廳時鐘的指針作響。

水霧氤氳。扭開青鏽斑斑的水龍頭，半晌，周儀才趨前任忽冷忽熱的水霧侵犯自己身軀，腦海中則循環播放母親經過他身旁時，那抹深沉刺痛的冷漠。這兩人同樣令人厭惡，一個是畜牲、一個是愚笨。愚笨者雖然養大了自己，但也絕稱不上含辛茹苦，反正畜牲有從她那騙來的錢。當初正是牠拿著幾百萬現款和離婚協議書擱在桌上，一副不簽就等著連錢也別想拿的嘴臉。然後自己就被畜牲的髒錢養大了。

「真悲哀啊。」水花濺起，一絲鹹味流入周儀口中。「更悲哀的是還找不到人訴說。」

走出浴室，另一團白霧迎面而來。周儀斜睨一眼桌上新開菸酒，再瞄向坐在電視前的母親，此時正用右手操縱遙控器隨意瀏覽各台，另一隻手則夾著粗短烏黑的雪茄，絲毫不顧周儀半小時前說過的話。

「我去睡了。如果那傢伙明天又來，最好連東西都別拿。」

「嗯。」母親放下手中的遙控器，決定打破自己營造的沉默：「你認識對面新搬來那個女的？」

「香香？認識啊，前幾天她搬來時有替她整理一下行李。」

「她剛提一袋宵夜來敲門，說是欠你的，等你洗完去吃。」

「哦。」周儀沒有繼續回話，因為他視線停留在眼前的電視畫面。右上角顯示著台號六十四，左上角則是行書體勾勒出的字樣：社會啟示錄。這期的內容正好談述到家庭暴力。周儀別過頭，輕輕按住大腿內側的傷疤。「我換件衣服就過去。」

叮咚，門開。

香香準備的宵夜是巷口鹽酥雞、一瓶白蘭地，以及她從那彷似異次元的冰箱中，所取出的無窮盡冷盤。是該喝酒。但周儀考量自己的宿醉情形，以及明天繁重的工作量後，最終還是選擇在盥洗完畢的深夜跑趟超商，替自己買幾罐啤酒回來。而在他聽香香說出酒的來源後，更慶幸自己沒有輾轉喝入畜牲的黃湯。

香香是留英返鄉的遊學生，家境普通，但最近和父親大吵一架，這才賭氣搬出家邸。開始時她先在幾個高中同學家中借住，輾轉幾個月後，憑藉著一點存款租下此處。不過周儀壓根不信「家境普通」這事，先不論香香「暫租」家中的家具、裝潢，單是她手邊絕版的 channel 鉑金包、以及身上淡黃色為基底，並縫滿向日葵圖樣的手織連身長裙，就足以體現兩人生活世界的差異。何況靠東的窗邊還擺滿著剛萌芽的精緻盆栽。唯一讓周儀感到親近的，大概是香香的開放思想，和她相近而略長的年齡。她雖未說出確切的歲數，但看得出是九零後出生，唯獨浮誇妝色讓周儀沒有辦法作出更精準的判斷。

「年齡是我們女人的秘密哦。」香香笑笑地搖頭，拒絕周儀更進一步的打探後，起身從冰箱再拿出一盤醉雞。「最後一盤，陪我吃完？」

「呃。」周儀瞥了一眼牆上鑲金邊的掛鐘，時針正直挺挺地指向數字一的位置，但這樣的提醒程度顯然不如剛湊近他身旁的髮香。

「哎，我喝好幾杯白蘭地都沒臉紅，小儀你幾罐啤酒就不行啦？」香香拿起桌上的空啤酒罐，手指著標示成分處，戲謔地看向周儀。「你這樣的酒量也太差勁了吧？」已經不只髮香，隨著香香整個人朝周儀傾倒，她頸間散發的芬芳，以及一股從未在其他女性身上散發過的賀爾蒙，一同隨著酒精灌入周儀鼻腔。

「香香姐？」

「嗯，臭老爸……」香香稍微扭動一下身軀，只見大領口的連身長裙隨之擺動，隱約展露出衣物底下的深邃溝痕。「那裡不行啦。」

「不行？」周儀準備扶起香香的手一頓，臉色也相對凝重。但他終究將香香扶回沙發，同時咋舌這女人的醉倒速度。只是她不經意說出口的夢話，以及剛吃下的一小片醉雞，都在周儀嘴裡細細咀嚼。

「這女人——」

緩慢而毫無預警，一滴凝結降落的水滴停於周儀房間窗上。然後第二滴、第三滴，不過眨眼工夫，整面窗外已濕濛一片，交錯敲擊如變奏曲般，與猛地顫抖尖叫的電子鐘聲鑽入周儀耳中。

凌晨五時三十分。雖然只喝了幾罐啤酒，但嚴重的睡眠不足令周儀感到頭痛欲裂，只想伸手將鬧鈴從床頭櫃上揮落。何況窗外傳來的雨聲、以及自己鮮久未有的惱人頭痛，在在令周儀想起當時，那個畜牲將他與母親趕出家中的情況。他看向床頭櫃的電子鐘，時分間的兩點深紅在灰暗的房間中規律閃爍，彷似兩根燃燒的尼古丁，薰得周儀雙眼刺痛。頭似乎更痛了些。

「哈啾！」戰勝倦意的理性總算一把拉起周儀，而不敵冷冽。周儀換上預先藏於被窩的內衣，這才真正離開床鋪的誘惑。「該死，」走出臥室前，他撕下門邊的日曆，順手將屬於三月八日的時間丟入紙簍中。「原來就是昨天啊，那個畜牲。難怪會突然送一堆禮盒來。」

盥洗著裝。踏出家門前，周儀回頭望了眼母親的房間，低聲嘆口氣後，拿出公事包中的便利貼，認真寫下別開門三個字，浮貼於門上後才打開兩扇家門。

「香香姐？」只見對面新上漆的鋁門早已敞開，昨晚早早醉倒的香香也換上一套輕便的休閒服飾，正調整著左腳鞋跟。「這麼早出門？」

「小儀？哎，後天回來再說哦，我時間趕不及了。」香香轉身從門後拿起一把鵝黃色的雨傘，像位大姐姐般輕撫過周儀頭頂後，就一次踩著兩階樓梯匆忙下樓，然後開門，然後離開。「後天？」周儀走下樓時，一面胡亂猜想她的行程，一面抱怨她這不關大門的行徑。搖搖頭，正當周儀準備帶上朱紅色的鐵門時，卻發現原本鏽蝕不堪的鎖頭已斷成兩截，靜靜地躺在騎樓前頭。

「已經不是不關，而是想關也關不上了嗎？」將鎖頭撿回門內後，周儀仍盡可能虛掩住門的縫隙，同時也思量著今晚該找什麼藉口準時下班，好撥出時間聯絡房東。

「好，知道知道，最近就找個鎖匠去換，我這裡很忙啊，欸胡！門清三暗刻、花槓、兩花、門風圈風，九台九千，付錢付錢！」掛上撥給房東的電話，周儀心想著過幾天得再打一通提醒，否則這老不修肯定將門鎖的事忘至九霄雲外。

周儀手機上的時間顯示著六點二十九分。時間尚早，持續整日的雨勢也恰好停歇，半小時前更是接到他母親傳來訊息，說要回南部老家辦些手續，可能過幾天才會回來。看來今天能晚點回家，找個書局或電影院喘口氣抒壓一番。面對這難得空閒，他不由得想起香香，明明是認識沒幾天的人，相處起來卻比很多朋友還要自在。但說實話，周儀也知道自己的朋友並不多，國小、國中的同學早已失去聯絡，高中時因為家庭因素，總是陰鬱度日，與班上的人幾乎沒有交情。到了大學則是接下好幾份打工，在課業與工作的壓力下自然忽略了社交活動，唯一推心置腹的好友也因私人因素，在不久前移民掛上日本國籍。至於職場同事更讓周儀頭痛——除了借錢或有利可圖時，否則幾乎沒有來往。

所以他才會想起香香。酒後吐真言雖然是句老話，但老話之所以能老、更被大家一致認同，原因正出於它自有其道理。姑且不論香香醉倒時的夢話，單是昨晚她的一顰一笑、談吐中流露出的真情，與如同她衣著顏色般的燦爛眼神，無一不吸引著周儀。畢竟是兩種截然不同的性格，卻又似乎，周儀自以為的，認為他們都同時被父權威嚴壓迫著。

待周儀回過神，他與他的機車已停回住家公寓前的停車格中，灰濛色的天空也披上半層深黑外衣。「慣性反應？」他發愣地看著身下熄火的機車，然後用最常出現、也最習慣的苦澀笑容替自己的冷笑話捧場。推開一樓大門，今早撿回的鎖頭依然擱在一頭，黯淡鏽蝕的程度與陰暗地板幾乎融為一體。「感覺就像我一樣呢。」

周儀打開家門時，廚房裡的大同電鍋恰恰跳起，一股濃郁肉香參雜酒味飄散而出。幾步外的距離，則是一滴滴水珠無視水龍頭的挽留，恣意向金屬槽飛躍而下，劃出一連串刺耳的聲波弧線。周儀走向廚房，餐桌上留有一張紙條與幾盤用鍋蓋遮擋的菜餚。紙條上的筆跡有些潦草：「幫妳準備了晚餐，電鍋裡有牛肉。」

掀開電鍋，是一鍋香味四溢的紅酒燉牛肉。桌上還擺著葡萄柚苦苣沙拉、生切鮭魚片和蓮子排骨湯。周儀視線並未多作停留，也沒有因狂牛症的新聞去追究肉品來源，只是深嘆一口氣後，就轉身打開冰箱，無奈地望向昨天被塞滿、但現在莫名騰出一片的空間。「果然還是煮了。」他蹲下身，從儲藏櫃中拿出一碗杯麵，草草沖進熱水後走回房間，以臉書、**PTT** 和音樂佐之。

臉書對周儀而言至多是個通訊錄。他幾乎不發動態、不將食物群組合成圖、自然更不會留念打卡。然而說是通訊，那小得可憐、滑兩次滾輪就能複習昨日動態的朋友圈也不具備太多價值。因此更多時候，他都待在不同部落客的專頁中打轉，讓無厘頭的漫畫替他表情點綴上一抹笑意。喀答喀答，點擊聲響，一個個新聞與八卦報導迫不及待地躍上瀏覽器分頁，隨之而來的是媲美直銷手法的強迫式滿版廣告。

「一個人的小確幸。」廣告宣傳著一間新開幕的精緻甜點店，手法則是時下最常見的文藝風格，不斷強調將午後悠閒時光留給甜點，獨享這份微小而確切的幸福。低頭用餐的周儀倒是嗤之以鼻：「像我這種沒錢、沒朋友的人，只是去吃個蛋糕就會幸福？那我去念烘焙學校不就好了。」廣告結束，他點開原本的「人間異語」專欄，從關於校園霸凌與創傷症候群的最新一期看起，接著是同性戀不被家庭接受的苦惱，再下去則是勞資糾紛與財團壓榨。

「鬼島。」周儀下了憤青式的註腳後，關閉蘋果日報網頁。正當他拿起手機，打算再撥一次房東電話提醒門鎖的事情時，窗外重新作響的雨勢卻猛然佔去周儀思緒。更準確的說法則是驅離——強烈襲來的刺痛，逼得周儀搖晃起身，在昏沉中無法控制地向床鋪一躺。所幸鬧鈴設置早已固定。

母親還在南部。香香也離開第三天了。

總算熬到周末假期的周儀躺在床上，雖想試著留戀這份難得慵懶，但一想到難得認定的朋友尚未歸來，思緒就如窗外夾帶東北季風餘威的陰雨，掛上滿滿陰鬱擔憂。「是被她爸抓回去了嗎？還是路上遭遇什麼不測？」

「還是自己愛上她了？」周儀頓時啞然失笑。才沒認識幾天的人，不過剛好親近一點，哪談得上愛與喜歡。何況還是兩個不同世界的人。一想到香香富裕家境，周儀眼神轉而黯淡，索性遵從腹腔的鳴叫起身，結束在床鋪上的胡思亂想。他隨意用清水洗過臉部，又戴上帽子遮掩分叉散亂的頭髮後，不到五分鐘時間就著裝完畢，拿起錢包與鑰匙準備出門。一如三天前，他剛打開家門時，就看見身著套頭毛衣和牛仔褲的香香濕了半身，正忙著將三大行李箱連拖帶推地堆回她家客廳。

「香香姐，怎麼每次你帶行李回來都是我放假的時候啊？」

「哎？小儀，你來得正好，我從國外帶回你的伴手禮──」香香輕鬆地像是行李箱毫無重量，連氣也沒喘半口就從行李箱最上層的夾鍊中，拿出兩小片柚木牌遞向周儀：「我英國朋友做的，是個華僑，現在在設計部門實習唷。」

「門牌？國外？」周儀翻至另一面，上頭是染上黑漆的書法雕刻，各是周、儀二字。「妳不會是要我將它掛在門上吧？」

「你說呢？」香香趁著周儀端詳木牌時，也從自己口袋中拿出三片相同材質的木牌：「我趁前兩天回英國辦些手續時，好不容易跟她拗到的。不過因為趕工，所以細節處沒有很完美。」香香一面說，一面將分別刻著梁香香三字的木牌橫放展出，各用幾根纖細的手指抵於門上後，回頭，帶著她不同於前幾天燦爛，但仍水靈的眼神詢問周儀：「漂亮吧？」

「唔。」周儀一呆，趕緊拉離停留在香香臉上的眼神，遍尋各處後才將視線擱向一旁被風雨吹壞的黃傘上，嘴上則結巴似地重複回答漂亮二字。也許是自覺尷尬，周儀好不容易才望回香香：「謝謝香香姐。」

「知道感謝就去幫我買份午餐吧，飛機餐實在不合我胃口，都快餓昏了。」香香轉身前，驀地從還在發愣的周儀手中抽回木牌，改放上一張藍晃晃的千元大鈔：「披薩跟烤雞腿肉。對了，門牌我會幫你釘上去的。」

「達美樂，別買錯啦。」關上門後香香又兀自提高音量，從家中補上一句，似乎篤定周儀還傻呼呼地待在門外一般。事實也是如此。

一如三天前的宵夜，除了周儀提回來的午餐外，餐桌上還有著一瓶酒，不過沒有冷盤。酒瓶標籤上有一株棕櫚樹、一棟橘黃色的建築圖樣，下方則用粉紅色的大字寫著 PALAZZI，聽香香說是瓶夢幻年份的葡萄酒。但基於與前幾天相同的原因，周儀面前是他昨晚就事先準備好的啤酒。

「你媽不在嗎？」披薩瞬間少上兩片，只見香香雙頰鼓脹，僅餘半片在她的手中。

「她說要回老家一趟。大概是想誆騙那邊親戚吧。」周儀毫不掩飾自己的想法，大致向他認定的新朋友解釋自己家中情況。但出於對父親的厭惡，細節並未多談，只用上畜牲一語草草帶過。「還真有好幾個嬸婆叔公聽她的，拿出大半養老金，甚至領出郵局老本去投資那老畜生的公司。名義上是入股，實際就是無償借貸。」

「你媽還真是個助紂為虐的火山孝妻。」

「對了，妳似乎晚一天回來，我還以為妳被抓回家裡呢。」周儀轉換話題。

「可能忘記算時差吧。回程機票是十一號啊。」香香用手上未沾油膩的部位滑開手機鎖，點擊出幾張打卡照片。

「那香香姐怎麼又突然回英國去？」

香香將眼神別過，手上動作也相對放緩。良久，才特意用做作的方式緩緩掀開雙唇：「我要告別。對我的學生時代告別。」話才出口，香香自己就噗哧一笑：「很像個文青吧？」

「像，但如果文藝這麼簡單就好了。」周儀搖搖頭，眼神忽地變得認真：「沒有經歷的文藝，充其量就是無病呻吟。」

「請周大詩人開示？」

周儀沒有回答，甚至對香香近乎調侃的語氣不起反應，而是用更加認真的語氣追問：「你父親欺負過妳嗎？」

香香正準備拿起第三塊披薩的手停在空中。遲疑半秒後，她將手收回身旁，正色地望向周儀：「我那天喝醉是不是說了些不該說的話？」

周儀點頭。

香香舉杯喝下一大口色澤如紅寶石般亮麗的葡萄酒。半餉，她才換上像是另一個人般的低沉音調：「說告別是真的。我現在才發現學生真幸福地不像話。」

周儀沒有說話，只是稍微挪動身軀面向香香。他知道她會繼續說出一切。

「我爸人很好，只是那天的『我爸』不是我爸。」香香露出認識周儀後的第一次苦笑。「那是乾爹，而我是乾女兒。干女兒，幹女兒。哈哈。」

香香將望向周儀的眼神收回，接道：「那老頭是個不折不扣的變態呢。他喜歡我呻吟時叫他『爸』，有時還會來點性虐待助他的變態性致。Disgusting.」

「香香姐，」周儀想起那個畜牲。還有他的母親，與他們被趕出家門的情景。「如果妳不介意——」

話還來不及出口，離周儀不過幾吋距離的香香突然湊近，拉住周儀領口，仿似冬夜索取溫暖的小女孩般，將自己沾染葡萄香的小嘴貼上他的朱唇。

兩秒的時間跳躍。周儀腦海空白地徹底，但仍隱約感知香香姐鬆開雙手、坐回沙發上後用道地英國腔講上一連串話，雖然他只擷取最後幾個單字。「Poor lesbian, aren’t we?」像是什麼也沒發生過，原本空氣中的死寂不知為何猛然消散。香香則替她自己倒滿酒杯，自語。「Damn homophobe.」

「早一點認識你就好了。」香香重新瞧向發愣的周儀，但似乎不願交出話語權：「可惜這個社會不允許我們享有權利。當然更別說窮人了。所以早點認識也沒用吧？」

周儀這才從驚慌中回神。他伸出左手輕撫自己有著披薩、酒香，以及動情激素的嘴唇。「原來我們活在同個世界？」但周儀沒有開口，只是抬頭望向開始重新大口撕咬烤雞腿肉的香香。

「吃吧。」香香將只剩兩隻雞腿的紙盒推向周儀面前，嘲弄似地訴說出她認定僅自己能理解的哀傷：「然後幫我寫篇『格雷的五十道陰影』觀後心得。」

「香香姐，」周儀聲音低如蚊蚋。「你們還持續著？」

「是啊，不過我這裡沒有主導權。老頭那邊最近在忙，說在等一筆錢匯過去，而且還有些公司派系的事情要處理。」香香吞下第四片披薩後，毫不在乎地繼續滔滔不絕：「反正每個月錢都固定匯進我戶頭，他是越忙越好。」

「說到這，我倒是覺得很有趣。」香香無所謂的笑容依舊，似是自以為發現新大陸般延續話題：「那老頭也姓周呢——」

然後一個令周儀頭痛欲裂的姓名從香香口中迸出。

一年後。

從惡夢中驚醒的周儀坐在床邊，孤伶伶地面對浸滿冷汗的被單，胸口則因適才的劇烈喘氣起伏顫動。窗外雨聲滴答，似是嘲笑她日漸惡化的頭痛。

她依然住在那棟有著兇宅般便宜租金的公寓。不同的是一樓已換上純白色，有著智慧感應鎖的大門，而總是半敞的情況也在她母親離去後劃上句點。她母親從那天回南部後就再也沒有回來。聽說是因騙走親戚養老金後，為了避債隱居到國外，也許是菲律賓、也許是印尼、但不知為何，她心中總確信著母親此時已購得綠卡，用騙來的錢在西海岸吹風。香香也在那天後悄悄搬離此處，只從門縫下遞來一封信與一串鑰匙，託周儀好好照顧她的寶貝盆栽。可惜的是，由於周儀家採光不良，裡頭萌芽的茉莉和其他花苗早已奄奄一息，只餘下幾株曇花，但也從未見過它們綻放模樣。

想起香香，周儀心中不由得一緊。她轉過頭，望向正顯示五點二十分的電子鐘後，又死死盯著代表秒數的兩個閃耀光點，雙手則下意識地向大腿內側撫去：這個行為已非不自覺。因為她知道為什麼自己又開始作起惡夢，更知道自己為何對關門這件事耿耿於懷。在香香講出她父親姓名、以及細細解說那畜牲拿起香菸充當蠟燭，進行種種性虐待的時刻，周儀的記憶就如同浪花遇冷凝結般，同時夾帶尖銳刺痛與毫不停歇的兩種特質，徹底灌入她的腦海。

滴答，雨落。時分早已開啟新的循環，暗紅色的六字保持安靜，喝令幾天前被關上的鬧鈴恪守本分，獨自深鎖於最深層的齒輪裡頭。對周儀而言，今天也許是個新的開始。當某件事情已成不可逃避的傷痕時，選擇換個角度思考、接受或許是不錯選擇。

叮咚。

門鈴響起，周儀隨意穿上一件幾乎無遮蔽效果的透明絲衣，走向玄關。

「逆豪，青問是儀周小姐嗎？」門外是一位外國人用中文問好的聲音，周儀不由得被他彆扭聲調逗得發噱。

「進來吧。」周儀猶豫半秒，最終還是打開兩扇家門，從英挺俊拔的來者手中接過剛從窗戶扔下的感應卡。「對了，那兩個字要從右唸起，所以我叫周儀。」她手指向一旁的門牌，像教小學生般地解釋文化差異。

「Coffee, tea, or beer?」周儀走向冰箱，回頭看向正朝她眨眼的外國人，現出一副曖昧神情後，果斷決定拿出兩罐德國藍妹啤酒。

「You’re so hot.」外國人口音雖非周儀聽慣的英國腔，但倒也十分流利。只見他接過酒後就爽快地大口一灌，然後抬起那雙開門時就不見安份的大手，輕巧自然地撫上周儀的小腿肚，雖在探索至她大腿傷疤時略顯停頓，但顯然不影響他繼續「開門」的慾望。周儀試著無視扳開她雙腿低頭苦幹的異國男性，只讓一句話不斷於腦中迴響：「反正門早就已經開了。」何況短時間內，那個畜牲也還難以進門。那句老話叫什麼來著——自我安慰的說法越多越有效。

巨陽艦駛入。門全開了。

朱宥勳：

他設定了一個簡單的題目，然後把這個簡單的題目做到滿，這件事情其實不容易，能夠選一個簡單的題目做到滿，不要說選簡單的題目好像是很偷懶的事一樣，沒有，這就是通常就是我們在選秀節目聽到的，你選歌選對了的意思，你選歌選對了，你選了一個好的切入點，所以你處理起來會很不錯。那其實這個拉開的動作，我覺得是一個標準現代小說的架式，就是我作為一個不一樣的東西，隱隱然感覺到兩件事有關連，其實沒有那麼直接，但是你好像又知道這是某種情緒的出口，或是比如說我打開了又關上。

那我只有兩個地方覺得非常在意，這可能會影響到你整個角色塑造——第一個是，他的敘事者、主要的主角周儀，這位女生在面對媽媽的時候反應有點過頭，所以有三頁的時間，你會看到這個角色沒有任何的變化，他看到媽媽的時候，他全心全意的執念只有一個，就是所有跟爸爸有關係的髒東西都不要出現在我面前。這是第一個，角色塑造的時候，縮減一點重複，你應該試著讓我在中間的時候看到一些細微的變化，他可能妥協、他可能怎麼樣的變化。

那第二個是，他敘事的人稱觀點沒有把他標得非常清楚，以至於到了很後面，我才知道原來我們的主角是女生，這種不需要隱瞞的事情，就不要隱瞞它。如果你一開始就讓他明確的出場是女生，然後一直到跟對方相遇，出現一些不是異性戀框架行為的時候，我們自然就會有一種「對，我知道這裡有點不一樣」，而且其實這個設計是不錯的，因為你瞬間就會讓那突然很近的身體接觸，變得不是那麼純粹的情慾，好像變成某種象徵、某種情緒的出口、某種情感的出口，這樣其實是不錯的。

然後周儀的表現真的有一點中二，他不太像是二十幾歲的人，二十幾歲的人的恨應該要更深沉一點、所以他的怨念要更深沉一點。但是基本的故事框架設計我覺得是很用心的、做得很好。

傅月庵：

小說是用寫出來的、不是做出來的，所謂做，就是你要去設計，如果你做了、你設計了，就會有你設計不到的地方，你就會有牆，有設計就會有漏洞。在一篇很短的小說裡面，你要把你很多東西都設計進去，就變成是有漏洞了。我跟宥勳一樣，我是讀到最後才知道這是一個女的，我不知道是不是故意要這樣「做」，可是這個「做」，馬上就會有兜漏、就讓人家看出他的漏洞。

另外一個是，你在很小的篇幅裡，想擺進去太多的東西，結果就讓自己沒有辦法控制，沒有辦法控制的時候，你就讓他有很跌宕的戲劇性、很戲劇性的高潮，這種戲劇性的高潮難免讓人家覺得「啊你那個做出來的」，做到最後就會讓人覺得說這是電視劇，怎麼會這麼巧，包養她的人就是他爸爸，怎麼會呢？

當然你可以講無巧不成書，可是在小說裡面，你這個太多的巧之後，會讓你整篇小說就被拉低了。所以好的小說是寫出來不是做出來的，其實他的分數也不低，但是前面就是有人比他高一點點，他只是差一點點而已。他的好處是，這一篇的話文字算是不錯的、文筆算是流利的。

舞鶴：

1. 敘事平穩順暢，意象首尾呼應。
2. 敘事的意象過於偏執。
3. 巧構的設計。
4. 文辭描寫太過。

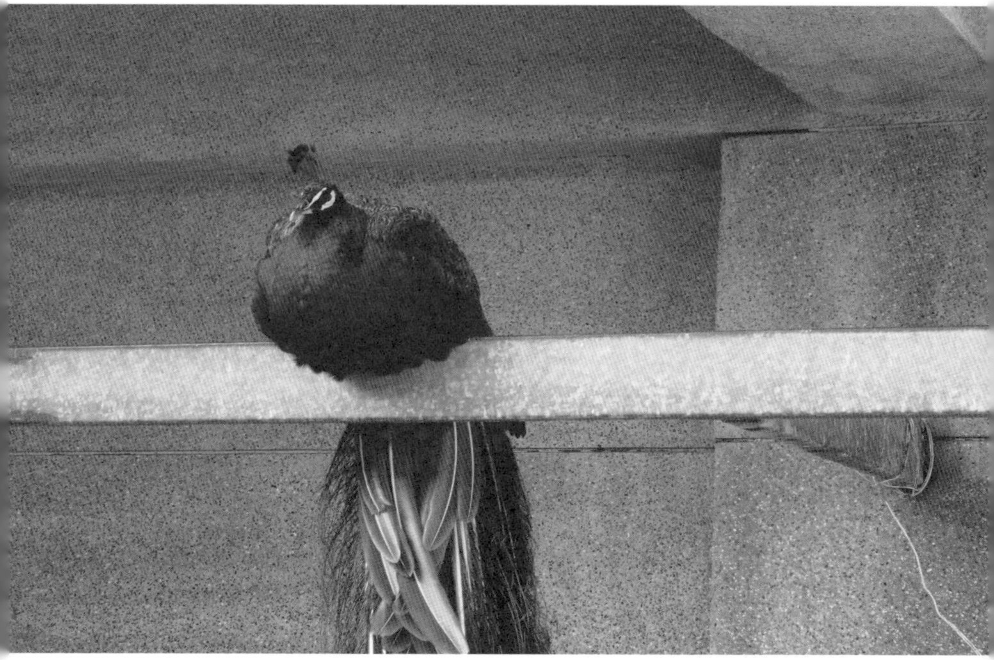

河石

中文四　彭　筠

「現在幾點？」「偷吃祭物的時刻。」

「正在祭誰？」「河神。」

「祭品何物？」「你。」

紅色的球鞋在綠蔭中很突兀，是個囂張的警告色，但警告著植被也是徒勞，他們離不開，只能被踐踏。球鞋停滯的並列在一起，猛一看會以為是顆鮮血淋淋的人頭，還好鞋子的主人一直跌跌撞撞地在移動。只是偶爾駐足，真的會令人驚心動魄。

但周圍也沒有人。

只有女孩大步快速的朝著她的目標前進著。

嘴唇被曬傷出一圈深紅，她舔著裂唇暫冷卻，喘息地無暇顧左右。像是不確定的追趕著甚麼、被甚麼追趕著，她踐踏的枯枝啪啪作響，被狩獵的動物會聞聲躲避；振鬧了整個森林，這也會是個不合格的竄逃者。女孩停下張望，幾乎是下一秒就提步離開原地，不像是喘歇、也不像是思考方向，在廣闊的樹林中她甚至沒有指南針。

可她像是有目標地一直前進著。

很安靜。

只存在沙沙穿越層層落葉的拖步聲。

甚至杳然鳥鳴聲，仔細聆聽，也只是迴盪著女孩用力呼吸的節拍。

走至山谷低點，她停下，沮喪折返。

上坡崎嶇費力，周圍樹木興興茂茂，讓光線只能零零散散得透下，過午後就好像快要日落，山間難分時刻，溫度下降，不知道女孩穿得夠不夠呢？她沒有帶太多存糧，自早上出發喝過水後，她已經有十幾個小時沒喝水，周遭的植物也許能汲取出一些水分，但女孩似乎不知道，她也不是很在意生理的需求，氣喘吁吁回到山林線的小空地上，她張望後又依直覺地走下另一個方向的山谷。

紅色球鞋奔波中滾滿泥濘，產生低調的保護色。鞋底淤積，使得踏下的枝葉破碎聲轉為沉穩重重，聲響不再驚鳥。森林變得更加安靜，悄悄跟隨女孩腳步，景色卻是千篇一律的綠意，讓人昏昏欲睡，不由衷的期待生事，女孩跌倒、出現野獸，或是一場自然浩劫。然而，女孩繼續前進著，沒有意外令她停下，相反的有一個微小背景音正在鼓舞著她，漸強的淅瀝瀝混雜了蛙鳴。是條小河，她沒有駐足澆熄饑渴，只管邁步順下。小河涓涓，與小石、泥坑相隨，隨時可能被地面吸收殆盡，沿著一段路才僥倖遇見匯流。

　　而接著又是一個匯集處，小河緩慢的加寬，也逐漸顯現出零碎的小石，開始有條小河的風範，碎石群也一同放大，若不是河面漂流的樹葉還是原始的尺寸，女孩會以為自己正在縮小，是不是誤闖仙境而喝下了邀請著「喝我」的細口瓶？她的疑惑短暫急逝，當碎屑的枯葉與種子漸成石間點綴，泥沙全然被石塊取代，匯合的流水正在疏嚕嚕的吵鬧打架，間距從大步能跨至對岸、擴張到女孩不敢輕易越水，她轉移注意、放慢了腳步，留心於任意錯綜的石路，細細觀察水邊被河伯拍打呻吟的石頭們。

　　大樹旁的大石頭像是個小老太婆回頭斜眼瞪人、紫色的石頭像是早產萎縮的變形嬰兒、那邊光滑石頭像是禿頭憤怒的反光、那堆暗白石塊像是掉進水裡破碎的臘製翅膀、河中的石頭像是歐菲麗雅張開雙手仰躺著溺斃、那個像是個泡在水裡不會生鏽的鐵人、那個石頭是石頭、那個石頭看起來不會念字母、水底的石頭像是沒有骨架的滋溜溜翻車魚、那個坑坑巴巴的像個勤奮的海底海綿、邊緣的捲型石頭像是隻在休憩的白龍、那個像是仙境裡圓滾滾又討人厭的蛋人！女孩開始認真的思考自己有沒有哪一個環節出錯，會不會自己走錯路，或是路程中不合理的地方？穿鏡、掉進兔子洞？不！女孩在腦中搖晃自己，不該以愛麗絲為前提，不小心穿越也一定有方法回去，只要找到好心的南方女巫就沒問題。

　　冒險真是越來越有趣了。

　　欣喜的竊笑著，然後女孩就被樹藤狠狠的絆倒。

一棵苦楝，不肯排排站在河、石、森林的整齊排列邊際上，硬是凸出的刻苦生長在石頭的間隙與水並鄰，大片深色樹蔭遮蔽著半條河川，兩三公分綠色的果實零稀掉落沖進水流裡，樹根更是驕傲的橫亙在尖石上，再柔順長入水中。

女孩拍拍身上沾黏的殘渣起身，不太在意，倒是好奇得繞圈這顆突如其來的大樹，張大眼睛上下打量，在這裡？女孩碰觸樹幹凹凸的表皮，在樹周尋找著，翻翻、弄弄、踢踢，因她擾動的小石子掉入河中激起泥霧，小魚仔紛紛驚嚇躲避。

她找遍了陰影覆蓋的所有暗色區域，卻一無所獲。應該會在這裡的。當她的眼睛適應了遮蓋的不透光線，看向光亮處的岩石變得格外刺眼，所有影子遮掩外的事物彷彿都塗上一層明色薄紗，霧化調亮的反射著陽光。

像是進入了另一個世界，只距太陽咫尺。

河水粼光閃動輕柔，在明亮多個色階後，如同染色新曬的絲被攤開在邀請長途跋涉的女孩進入安睡。她迷惑地在水邊跪下，伸手想捉住滑軟的絲綢，冰涼的觸感把她捉回正常值色相，畫面調暗淡後，她隱約在河面看見一個狡譎的笑容，像柴郡貓一樣，沒有貓，沒有臉，在水邊緣只有微笑流淌。

沒有接續動作的咧齒笑，不移不動的定格畫面令人發毛得打顫，但女孩專注盯著不放，她的手置於其中任水流滑過，無意間攔截下路過的無關水中物，卻怎麼也撈不到那抹笑。等到雲朵掠過，她才發現那是條龜裂倒影，而影像的源頭就在女孩身旁。

這是顆傷心得滿身裂痕的石頭，有張秀氣的面容，畏縮在棉被或是毛衣裡，使得軀體寬厚的相連頭顱，卻找不著頸子。石頭的下身半浸漬在河裡，折影形成一雙與其上身強烈對比的短小細腿，如一支兩腳冰棒直插在水邊。身上遍佈裂縫大大小小、橫橫縱縱，像是裁縫昏醉時車上的拉鍊。女孩沒敢觸碰縫隙，誠惶誠恐石裂會應聲崩毀，她懵懂懂的懸浮撫過這具仿若墓碑的石體，珍重翼翼地在旁輕輕坐下，捧起清水飲下久違的生存條件，然而她臉上沒有饜足的滿意，而是趁彎腰時，用眼角餘光偷窺石頭，石頭不動聲色。

不到一刻鐘，女孩便感到無趣。

她望望天空，看看水影，突然無預警無來由大喊：「一、二三，石頭人！」方才的小心惶恐簡直毫無意義，她偏頭叫喊：「我是鬼，然後也轉過去了，你可以動囉！」沒有反應。

也好，女孩有些慶幸：石頭沒動。女孩其實心裡暗暗很害怕石頭一動就整組脆裂，但又懊惱，嘴上不示弱的責怪：「嘖！不好玩。」女孩作勢賭氣一陣後，斂起玩心正襟危坐的問道：「你甚麼時候才會想回去？」沒有回應，她放軟姿態：「是不是我太晚來，你生氣了？」想以撒嬌取勝：「下次留一下衛星定位嘛，地圖很難懂欸。又不是不知道我很不會認路。」每句話後女孩都留停頓，然而石頭依然盡責擔當石頭。

「嗯……希望不要有下次了。」不氣餒。

換個話題，再接再厲：「是不是看太多故事書，覺得懲罰就是變成石頭？」

「為甚麼要當河邊的石頭？」

「崩塌小屋的磚塊不好嗎？」

「還是，海邊的漂流木呢？」

「你都不說話，害我好像神經病喔。」她看了靜默的他一眼，似乎明瞭他真的不會開口，就腳賤得濺起小河的水，自顧自的說下去：「其實你不用這樣啦，你或許有你自己的理由來這裡啦。可是，在姊姊看來就只是在逃避，不負責任。我已經不會這樣想了，雖然剛開始很生氣，後來想想覺得發生這種事，其實不全是你的錯……

這種話聽起來好像風涼的大嬸喔。

現在說這些好像也沒屁用……我在路上一直在想等找到你，要跟你說些甚麼，很勵志、很有信心的啊，可是到這裡就忘光光了。

不管，有時候我在想，如果……只是假設啦，不是我真的想這樣。

如果啊，你或我不要那麼早出現，事情就會不一樣。姊姊嫁人後，如果沒有你，我大概早離開家了……不對欸！這樣姊姊沒有我們的牽線也不會嫁人，這樣房間還不會是我的……房間不算是重點啦，可是……唉呦，所以還要姊姊長得很漂亮，我們才不用聯手把姊夫騙到姊姊床上。

這樣根本前後矛盾，所以我們還是相遇好了。

而且要不是你很會說故事，我可能早就餓死了，雖然我的演技也有幫忙啦。也需要你幫我寫功課，不然我也可能會被媽媽打死。還有還有，你把照片燒了，加上我說謊，讓哥哥少關了好幾年。

哈哈，我們成就了好多事喔，應該說有你在總有好多有趣的事。」

女孩看著順河水而下的樹枝傻笑，垂眼感慨得絞弄著衣角：「有時候真的會覺得都被你騙了，我只是喜歡以前的自己，所以才會一直喜歡你吧。因為只有你懂以前的我，而我只想回到那個時候，天真無邪，哈！

那個時候的自己就不會像現在一樣廢物。」女孩輕柔地把河水潑到石頭上。

「我不是來道歉的，因為你一定會說不是妳的錯。」她的眼，溫順又高傲。

「你真的太溫柔了。」女孩紅了眼眶，話語隨著眼淚一股腦地流瀉。

「姊姊說我們是在逃避，但我知道不是。」

「我很麻煩，你都在保護我。」

「這時候我會想如果沒有我就好了。」

「哈哈，鼻涕都流出來了。你看流進河裡都看不出來。」

「其實我根本不懂你為甚麼要離開？」

「你是不是因為太溫柔了，所以要學得像一顆石頭……」

「我不懂！這是在懲罰你，還是我？」

「我一開始就看到你留下地圖，可是我還在生氣，所以我沒有馬上來找你，我真的很生氣、很生氣！你怎麼可以這樣對所有人，我之前的努力都像白癡！」

「可是我知道你都只是為了我。」

「如果沒有我就好了。」

「都是我的錯！是我的錯！如果我不要去討好每個人，就好了！」

「對不起嘛、對不起……你不要不理我……」

「你以前一定會理我……不要不理我。」

「你以前一定會安慰我，說不是我害的……」

啪瀝瀝，女孩氾濫連綿的淚水幾乎快能填滿石頭人的裂縫。

於是，石頭開口了：『我現在只是顆河邊的石頭。』

「那我就可以把你撿回去收藏啊。」她詫異後笑開了眼，一點不像剛哭過。

他回到聞風不動的狀態，僅僅微微牽動著嘴角示意。

「你還是對我說話了。」

女孩開懷了，連串的咂咂不休著：「你甚麼時候才會想回去？」

「你都沒有被蟲咬嗎？」

「在這裡不無聊嗎？」

「我剛剛真的差點以為你不能講話欸！」

「這裡晚上應該很黑！」

「遇到妖怪要怎麼辦？你有沒有戴護身符？」背景音淅瀝嘩啦的吵雜流水，石頭人聽不精確，反正女孩也不是真心想要答案，她忙著胡亂翻找著隨身攜帶的書包，只是習慣用話語填滿空泛。

「沒關係喔，我帶了以前我們常用的對講機。」她把機器放在他身旁。

「如果無聊可以跟我說說話。」

他用眼神告訴她『我現在只是顆石頭。』但她聳聳肩。

「想回來也可以跟我說一聲……掰掰。」就走了。

險些要出聲追上。

石頭人有點錯愕，千里迢迢而妳話都沒說完，怎麼就這樣走了？

腳步聲微弱後失去下文，但一會兒，在一旁的對講機便沙沙的傳出聲音。

「測試、測試！」

……

「很好！我有聽到小鳥叫，完畢！」

才走不久，妳也一定還在森林，鳥鳴聲也可能是從妳旁邊傳出的啊。

靜耐不住的小鬼。

真的走了嗎？說不定正在附近偷偷的觀察我。

無所謂。

只要妳開心就好。

滴答滴答，這是個耐心大考驗。

太陽下山了，時間被放軟，天色把河水染得橘紅，讓人好想吃橘子。

但我現在是顆石頭。

無事無聊的石頭。

如果妳還在附近，等妳被森林的深夜驚嚇，回到我身邊，說說鬧鬧一夜後，送妳回家，或許我可以學著在車馬喧中繼續當個石頭，心遠地自偏。

不，這不會是我想要的。

但為了妳也是值得，而且現在好無聊。

妳是旅途背包的橘子，走著走著，想著有橘子在背包，渴了就剝開來吃掉，就有力氣繼續前進。

雖然其實沒有橘子在背包裡，不，應該有是蘋果。沒有蘋果在背包裡，但我假裝有橘子。

也不是的，妳可能已經離得遠遠，早不在我身邊了。

噓，不可以說出來！說出來言靈就會實現。我們都信仰著語言的魔力，總是擔心一語成讖，所以不敢輕易詛咒、不敢輕易承諾、不敢輕易說出實話，但現在也許是因為離水源太靠近，妳剛離開就誠實的湧出思念。

『妳在嗎？』按耐不住的我雖然是顆石頭，卻開口。

「你先講話了！」隔空也能想像妳得意洋洋的樣子。

『……』想問妳在哪裡，可是如果不是自己想要的答案，橘子就會消失吧？

「你在幹嘛？」

『當大野狼肚子裡的石頭。』

「那不是河邊的石頭，是隨處可見的普通石頭。」

『不，因為大野狼後來掉進河裡了，就變成河裡的石頭。』

我常在想：我們是在荒島競爭的孤民。

所擁有的太少，只好搶奪無謂的事物，但如果今天有空投的物資，像是可樂之類，空瓶還能擀麵糰，多好用。只是功能多實用，其實也白費，因為我們喝可樂一定會拉肚子。外來的資源又適應不能，於是我們僅此自相殘殺又相依為命。也許是斯德哥爾摩症候群，妳總是說：「你太溫柔了。」聽久了，都洗腦得以為自己是溫柔的。

但，我不是的。

我還清晰地記得妳小時候曾經有頭很長很長的烏黑秀髮，男孩子最喜歡捉弄妳，好幾次妳跑來跟我哭訴，我都很嫌棄地要妳剪掉，剪掉就沒有這麼多麻煩。因為我知道那些頑皮的男生一定是喜歡妳，才會欺負妳。剪去三千煩惱絲，其實是我的。我才不要這些多人關注著妳，我們明明只有彼此就足夠了，不是嗎？

太蠢了，我也知道妳不肯剪頭髮，是為了妳哥哥，妳理想中的哥哥。

妳死盯著鏡中自己梳理髮絲的手，我知道妳在想像著哥哥幫妳梳頭、幫妳輕柔梳整、幫妳仔細吹乾、小心翼翼地唯恐溫度過高燙疼妳。

我與妳，永遠隔著妳理想中的哥哥。

何曾沒想過為我們動手剪除那些幽深的禍水？妳下了手，我幫妳。

我才不要，我想看著妳親自下手。

把妳滿懷期待梳頭的雙手，剪黏上一把長柄的紅剪刀，握把一長一突出，妳幼細的指間控制無法，手肘使勁高於胸膛，使用兩手全力，將張開的尖銳對準了下巴！喀嚓！

這是青春期自瀆最常出現幻想。

想像的髮絲散落一地，也浸濕了我的被褥。

流瀉至跨間妳的長髮，是與妳無關的慾望。

在幻化中，妳的表情隨著我的狂想時而喜悅、時而哀傷、時而瘋癲，但遑論如何地編寫劇情，千篇一律是帶領自己滑入狂喜的高潮。然而，當妳當真心死，將一頭流洩的長直捨去，我們之間又回到了純粹的小舟上，不相干得划著船槳，千方百計地想害對方掉入急流中滅頂。

「吶你會不會救我呢？」

妳的話語中實在有太多下意識多餘的語助詞，不是可愛的、也不是厭煩的，卻令我感到絕望，好像就連與妳最親近的我，妳也必須小心翼翼得討好般，或許在妳心目中我仍然是額外的存在吧？

但，怎麼可能不救妳？只怕妳是救不起的。沉溺，沉溺，我正在救著，救著，也一同救著自己，去效仿妳的想像：不再愛妳。

妳說不再作夢了，然後把頭髮剪掉。

外在形式抹滅，妳在內心中更乘倍地與哥哥相愛。

我也盡力不再、在夢鄉裡意淫妳陳舊的角質組織。

「嘿，你知道我聽的到吧？對講機開了會一直通話。」對講機傳來妳不確定的聲音，是妳一貫擔心做錯事般的口吻。

『不想聽嗎？』我疑問。

「不會、不會！」分不清妳是真心不討厭，還是順應我的話在回應？

『不，只是如果妳不喜歡提到這些，我可以說點別的。』

「沒關係的，我也想知道你現在的想法。只是我該睡了。」幾乎能在腦海裡描摩出妳一如親切的笑容，我傾訴予妳，妳卻不會毫無保留的對等對我，想想總是不公平。

『嗯，晚安。』

所以，希望我們還有明天，可以公平。

畢竟，我們從未被公平看待，因此至少要好好對彼此平等。

在家裡媽媽很怕妳，她討厭妳渾然天成的誘惑，那就像年輕的她，她想一定一定是妳引誘而帶壞了她乖巧的兒子。小小年紀如此不檢點，太可怕了，但她又不可避免地被妳的可愛吸引，好不自覺的炫耀著這是我可愛的孩子，是像我、像我，然後又感到好可怖、可怖。所以她把妳裝扮成男孩，聯合姊姊一同排斥妳，說妳噁心、噁心！貶得一文不值。

當我為妳不值時，妳卻是不帶批評地說媽媽只是天真。

仿若角色對調，妳總是包容著母親。

其實妳對媽媽也是種不公平，但妳開心就好。

無論東昇或西沉，河邊灌木叢經常騷動著，多的時候是囓齒類：松鼠、兔子，稀客則是二層掠食者：蛇與黃鼠狼。我很訝異，還以為動物會聚集有水的地方，這般每天都能向妳炫耀今日的特別嘉賓，對於沒造訪過動物園的我們，除去日常生活熟悉的人與老鼠，一切生物都會是神奇奧妙。可是至今，只寥寥見過以上，收獲慘澹。這些接二連三的絨毛小動物，只會讓我不斷聯想作為乖女兒時的妳，跟聲響稀稀疏疏的小動物如出一轍的行狀壓抑。

妳很乖巧，小時候，媽媽叫妳不要煩她，妳就一個人在陰影裡玩了一整天，媽媽渴了便馬上去河邊取水給她。妳好怕媽媽變成鴿子飛走，所以在媽媽口渴之前一定會倒水給她！自己的衣服破了就自己補、鞋子進水自己烘乾，只有煮飯，媽媽怕妳趁她不注意時，推她進火爐，因此妳不能進廚房幫忙。可是妳也從來不會嚷嚷著要飯呢、飯呢，而只要媽媽叫吃飯，妳一定會立刻丟下所有的事情跑回餐桌，絕不推拖，好不容易等姊姊轉讓給妳的布娃娃，都因為匆忙丟失，也弄丟彈珠呀、漂亮的包裝紙、閃亮亮的瓶蓋，現在看來不重要的小玩意，以前是我們願意做牛做馬換取的，但這些在媽媽的前提下，妳都不會在意。

只要媽媽不要走。

童話裡的媽媽全身覆蓋了羽毛，拍拍翅膀去喝水，因為她的孩子要穿鞋子、戴帽子，抑或抬不動水之類的，這樣藉口實在太奢侈了，故事裡丟掉媽媽，都是孩子任性，但妳委曲求全，媽媽還是要走。她在夜裡離開，她敷衍妳，說：「不是變成鴿子，是趕著明天拉拔成太陽，才能明亮的守護孩子」順手拉開妳扯住的衣角「都是為了妳喔。」妳的母親難得慈愛得摸摸妳的頭，沉浸在害羞的喜悅中，妳還自圓其說想著：的確，今天媽媽的打扮不像鴿子，比較像天上發光明的星星，一定是天空太遠，要走很久很久，所以才要提早在夜色出門！

妳揮揮手，在門口看著媽媽離去，一直到太陽昇起，又落下。妳才緩緩發現事情不太對勁，空氣中媽媽的味道慢慢的在消散了，妳趕緊將門窗關上，又一刻不得閒地趕回大門口等待媽媽，媽媽趕快回來吧，妳在心裡祈禱：「**不要連讓我追著媽媽腳底流血的機會都不給。**」妳一下跟自己打賭著如果能乖乖不亂動，媽媽就會快一些些回來；一下又要求自己不能掉眼淚，媽媽才會想回來。

沒有用，妳媽媽一直到妳不再癡癡期待她回家時，才冰冷回家。

而回得也不再是家了。

因為那時已經妳被我教會了不再被媽媽擁有。

『現在甚麼時間了？』

我每日每日的刻下石痕記天數，算來還不知道以妳的路痴，離開森林了沒？

另一端傳來妳呵欠的嘆息：「是可以做夢的時間。」

『那可以給我一個床前故事嗎？』

「怎麼不是你給我一個『河床前故事』？」

『每次都是我說故事，這次該交換了。』

「欸，那我說我剛剛在想的事情喔，我可能說過了，反正我只有平乏的思考，既然要聽，要認份，不可以抱怨、不可以打斷我喔。

我在回想騙姊夫的那個時候，你假裝是我哥哥的樣子，我很喜歡那個哥哥，我小時候一直很希望有個哥哥，對，我一定說過，可是我的親哥哥就是個廢物。小時候只要被欺負，我都希望哥哥來救我。每次看到路上哥哥抱妹妹走、牽妹妹的手、買東西給妹妹，我都好希望哥哥也這樣。像你對我一樣。

可是，我每次看到他就是在整理照片，以前不知道，只覺得照片花花綠綠的，現在想起來，好像也知道為甚麼哥哥後來都不回家。可是警察來家裡時我也沒有多說，不知道為甚麼那時候要說謊欸，應該要趁機把他對我做的事都抖出來嘛，讓他判重一點！

哈哈，我好像說過很多次了，而且每次都會哭得很醜。

就只是被摸摸、抱抱嘛，那時候這麼小，有什麼好講的。」

妳已經忘了聽眾是誰，只是單方面地嘔出佔據心靈的廢物，再安然地入睡，也好，如果我還能擔任此等功能，也是萬幸。

然而夜鶯在啼叫了，啁啾啁啾的吵雜讓我擔心會藉對講機傳過去而驚醒妳，此刻願意用一輩子的幸運去祈禱：普慶鳥類流星雨，咻咻咻掉下來。一兼二顧，三天早餐不用等，妳也睡得安穩。但還是別衝動，我能想像第四天的腐臭會讓我毫不猶豫地割下鼻子跟不安分的腦袋，痛恨當作石頭。衡量輕重，乖乖得鎖上嘴拉鍊，別亂說出願望，小心言靈實現，等等就有小鳥死在旁邊！

夜晚寂靜映襯此起彼落的鳥啾蟲鳴，令我想起妳可愛可恨的口頭禪，總是說我好溫柔，幾乎是逢人就說。

於是，我去了市集向賣臉孔的女孩要了一把低沉的聲音。她的盡可能放軟的聲線仍壓迫感十足，將來也能名正言順的扮演哥哥了，我還在思考著這筆交易，衡量益缺，想討論看看是否以物易物，用細弱的發音、或溫暖的表情？但女孩的母親卻急切喜悅的不議價，搶先將聲音塞給了我。

這真是我所要的嗎？

在來不及猶豫的不適混亂裡，我像被掠奪的獵物般逃命地離開市集，唯恐女人又再強加些甚麼她不想要出現在女兒身上的器物，加諸到我身上。

獲得得如失去般。

女孩半自願的失去了聲音，我想我並沒有與女孩公平交換，因為我至今還可以在強而有力的聲線雜出中，聽見自己曾經細而柔的喃喃。

失去得如獲得般。

母親寧可女兒是個沒有聲音的人兒。像妳的母親一樣，也許天下的媽媽都盼望著女兒失聲失能，當個任人擺佈的娃娃，只要妳心甘情願容忍母親將哥哥猥褻自己的行為怪罪在自身，就不會有人被取代、就不會有人被刺痛、就不會有人再訴說難過。

夜更深了。

咕咕、咕咕，是夜裡森林的貓頭鷹。在第一時刻卻讓我想起了鴿子，在路邊不再咕咕叫討食的鴿子，揭開的身體溢滿蠕動著幼蛆。

母親死後，我們合力把她埋進了鴿子裡，鴿子拍拍翅吃力的飛走了。是不是母親太沉重了？果不然，在不遠處，鴿子停下不飛了。妳還想著也許是鴿子要吃飽了才要上路，急忙忙去拿了好多的吐司，鴿子都吃掉了，卻也撐死了。

怎麼辦，到不了天國？

妳看著一動也不動的鴿子掉下眼淚，惶惶不安。

可是，其實我才不在乎母親能不能上天堂，我只希望她離得遠遠的。困在死去鴿子的身體裡，困在死去的自由裡，就好。這樣就好，走在歸途小徑妳還啜泣著頻頻回首曝死的鴿子，我拍拍妳的肩安慰妳。『沒關係、沒關係』彷彿死去的母親是妳的。對妳而言，母親已經成為日出日落照耀妳的彼方恆星；對我而言，如果死去的母親是妳的，該有多開心？但與其說不希望媽媽死掉，不如說是難過真的再也沒有機會，能修補與媽媽的關係了。

遺憾。但，這樣就好。

我已經不想再與他人建立情感，反正只是徒勞。連一直在身邊的妳，我都抓不住的，又何必再添傷感。是甚麼時候又變回兒時，無力無能的仰望著上方？

以前是媽媽，現在則變成看妳。

繞著妳打轉打轉，妳說累不累？

不累不累，習慣了。

這樣就好，只有妳。

就好。

苦苓樹葉果轉橙黃，遍集裂痕而僵直的身軀使我無法抬頭，只能以水面倒影觀賞燦爛華靡的金黃色塊。想同妳分享，但，在被苦楝子吸引而來的白頭翁重疊鳴叫中，我開始聽不清妳的聲音，我們的交談第一次變得不再理所當然，每次通話都是無比珍貴，然而我們也不是格外珍惜，內容仍不脫一些不著邊際的話語，像是問問何時：『現在幾點？』

「還不到回家的時間。」『原來妳不想我回去嗎？』

「嗯，也不是，是覺得你還沒想清楚。」『妳覺得我在思考甚麼呢？』

「人生道理之類的吧？你在想甚麼呢？」『我想我在想接下來要去那裡吧？』

「好像你也不太確定，是嗎？還是不想跟我說？」

『不是，應該是說我在想：我在想甚麼？』

「你在想甚麼、會想跑大老遠去當石頭嗎？」

『不是，這是我小時候就想做的事。』

「真的？」『還記得我們小時候最愛看的吸血鬼小說嗎？』

「跟那個有關係嗎？」『是吧。』

「那我去再看一遍。」『全部嗎？』

「我賭我看完你也還沒回來。」妳志得意滿得驕傲宣示後，又回過頭想到：「不要你還是回來吧……我一直看書，你應該也會很無聊。」妳的眼淚實在很廉價，動不動就掉下。我想妳該哭了，妳就哽咽著：「你回來嘛，我們一起去跟姊姊道歉、跟媽媽上香，沒什麼大不了的，好不好？」我不在乎誰會碎嘴了些甚麼，真的，只要妳能體諒我就好。

「沙、沙、沙。」一陣風吹下泛黃枝葉，激起覓食的鳥兒成群飛離，振翅聲又中斷了收訊，還來不及問妳：已經到家了嗎，無所謂，我並不是絕對要知道。

流水滯留落葉的零碎屑碎在腳邊，河神已經沒有眼淚了，我在稀疏枯水勉強的倒影中竟驚覺苦楝已禿得孤單飄零，原本茁壯的樹幹如今殘敗，彷彿不堪一擊，隨時能倒下。映照我們的僵局，同樣地看似沒有生機，我們訴說了好多，像是丟下深潭的石子激怒壯觀的沉積塵埃，然而我們沒去過濾清掃，汙染是愈加嚴重，甚麼都沒有進展、甚麼沒有解決。

『妳想談談家人的事嗎？』

「那你想說為甚麼當石頭嗎？」

『不……說點別的吧。』

「那說說你的身邊、說說鳥語花香。」

『妳回去以後兩三天，』

「……我回來已經很久了。」

『不要打岔！

『森林邊際的矮木叢傳來一陣騷動，是隻灰兔，也可能是白兔太久沒洗澡，變得灰撲撲。牠一蹦一跳的到河邊泥地挖掘一株綠草，幸運的小兔子在乾旱期還找到糧食，啃啃咬咬看來是要帶回給家人們。忽然牠豎起耳朵與直立身體，立即樹林叢葉裡劇烈搖動，會不會是個威脅？小兔子綳緊神經……跑出來的是一隻鹿！兔子猶疑了一秒，比較身材差異優勢後果決逃開。

鹿揚揚長頸，看來不太在意小傢伙，也是也是，鹿怎麼會欺負小白兔呢？可是，鹿居然走向了兔子刨開的新鮮食物，嗅了嗅，快速兩三口的吃掉了！

鹿真下流！』

「這不是卡通內容嗎？」

『是我親眼所見。』

「然後不是下雨了，小兔子會挨餓，還會受到淹水的要脅？」

『沒有，我只看到後來鹿也離開了。而且卡通挖的是紅蘿蔔。』

「唉，其實有時候……我會把對講機關掉，我真的越來越沒有耐心去聽懂你在說甚麼。」反芻著妳的話語，恍若隔世再熟悉，記不清何時是在與妳通話？

我倒能清楚記憶你哥哥在何年何月何時又寄信給妳。

他用弱約婉轉的字體輕寫在天藍色的口罩上，他要妳別害怕，口罩是最新分發、全新開封的，病榻上的他已經沒有多餘的零用去買信紙，反正最想獲得諒解也只有妹妹。妳從未探監，他也沒有機會與妳親口懺悔：年幼無知衝動行動所犯的錯誤。他想知道妳是否已內心堅強、還作噩夢嗎、還要鎖著門才能入睡嗎、妳過得如何、住在哪裡、在做甚麼、愛的是誰。

關心妳，因為他還想再強姦妳一次。

妳沒有馬上把他劃上人渣的拒絕往來，而是興味盎然地閱讀下去。

他說他好愛妳，不能沒有妳，為妳戒菸戒酒戒毒，為妳，他奮力得活下去，只要妳不嫌棄，等假釋、等出獄，他會好好的當妳的哥哥。只要妳，只是如果妳拒絕，他會自殺。不是想不開喔，這是種病，因為妳而被感染的病、沒有妳就會死的病，只有妳是解藥。那人渣寫這些信給妳，幾乎是要妳提供肩膀給他上吊，蹬腳赴死的力道使妳向後傾倒，毫無緩衝後墊。

然而妳甘之如飴，引頸期盼著哥哥下一封情書。

不是不再作夢了嗎？還是僅不再作夢予我？

比起妳舐舔著哥哥的影子，我更不能忍受妳獨自作夢！

於是，我壓著妳的手，裝作是妳的字，用書信叫他去死。

妳看報紙發現訃聞，沒有表現生氣失控。只是更加躲著我、更不跟我說話，所以我變本加厲，叫姊姊去照照鏡子，也不再盛水給妳母親遺照，還把哥哥骨灰像畜牲般放水流。但是妳沒有反應，妳看起來不在乎，因此一怒之下我離開妳，來當一顆河邊的石頭。

「我很在乎呀。」『妳看起來不在乎。』

「你會跟其他人說嗎？」『我現在是顆石頭。』

「這樣說很不孝。哈哈，但說真的，媽媽啊、哥哥啊、姊姊啊，其實在我心裡沒有那麼重要、根本沒那麼愛他們。為兄姊做了好多好多事，為了他們好、為了看他們笑，讓他們開心、讓他們覺得有妹妹真好，希望他們不能沒有我，希望他們能真的愛我。

我沒有那麼傻，我早知道媽媽只是隻無恥、會隨意便溺的鴿子。

做這些，當然都不是出於甚麼愛，我根本不愛他們。一點也不。

只是希望自己不可以被取代。在別人心裡很重要、很重要。

就不會再被拋棄了。」

『妳想回來了嗎？』妳反應不及地停秒後笑出聲。

「這不是我該問你的嗎？為甚麼顛倒了呢？」啪啪啪，對講機沙沙聲中夾雜著妳失笑失控地拍打大腿，是很好笑嗎。我從不覺得那裡是妳的所在，我們擁有彼此的地方才會是家，不是嗎？妳看結冰的水面，過季後總會回歸水流的懷抱；苦楝冬季凋零枯萎，僅存殘枝巍巍欲傾，但我相信春天又會綠意盎然。

「你又忘了你在說些甚麼了吧？」

『很嚴重嗎，人們不是時常忘東忘西？』

「但你已不分囈語與真實。」箴石也無用，無藥可醫治。看來是不該再愛妳，為妳總會瘋狂，可是不愛妳，我就甚麼也不是。

『我說了些甚麼？』

「就大概那些吧。」訊息又無預警喀斷，我想妳是太誠實得疲憊了。

遠方的雲霧積黑，轟隆作雷，風雨欲發。河川已長久枯涸，殷殷期盼著甘霖造訪，我沒見過河神淚崩的大暴漲，有些疑慮會不會因此沒機會能再與妳聯繫？連忙呼叫：『現在幾點？』

「你在野外生活了這麼久，還不會看時間嗎？」今天妳很焦躁，一反溫吞吞的有禮語調，咄咄逼人埋怨道：「我又再去找過你，但你不在。」妳的聲音有些壓低而尖銳，比我所記憶的難聽得許多，失去了甜膩的含糊，參雜著似香菸焦油的沙啞雜音，不像妳，又是妳，是不是妳也換掉了聲音？

『妳迷路了，我一直都在原地，一直在這裡等妳回來踐踏。』

「我才不想踐踏你咧。」現在妳笑的振動頻率，比較類似我所知道的妳了。「或許，真的是我的導航失靈……是，也於事無補。我還沒跟你說，我早就已經看完全部的吸血鬼小說。」小時候以為的吸血鬼，是永遠青春美麗的哀傷生物，死卻不瞑目，活得好久好難過，所以我們都不想太長命。小說則顛覆我們一廂情願的想像，吸血鬼也會死，而他們身處環境，死並不奢侈，三百六十五天不停歇的大放送，他們沒時間傷春悲秋，必須努力的活下去。

妳看來堅韌的學會了像吸血鬼一樣奮力生存。如果按照創傷後壓力症候群的專業分析，憑藉著童年陰影，或許妳會變成神經兮兮的潔癖女子，隨身攜帶消毒水，四處噴灑世界與污穢的自己，不敢搭乘大眾公共運輸系統，唯恐接觸他人體液、碎削，更遑論直接與他者肌膚碰觸；或是成為性愛泛濫的女人，不重視身體的自主權，放任其他的慾望在妳的身軀爬上爬下，也不再思考，停滯自身所有可能性，麻木不仁、言表侷限。但妳沒有，妳很努力的試圖活著。

可這段歲月我不知道，我問：『看來已經過了很久……那麼，現在幾點？』

「長大成人的良辰吉時。」妳的回應若是配上敲鑼打鼓，肯定是氣勢磅礡，但我一點也不想要，連同著身處飄下細雨的環境。

『妳花了多久才走出森林？』

妳輕笑出聲，聽來有些心酸：「等我走出來，才發現其實你給的地圖繞了好大一圈。你在的小河，原來就在家後面那條河的上游，第二次去找你時，我騎車到半山腰，走進去根本不用半天。但……我卻找不到你。」

『這樣聽來其實迷路的是我。』隨意附和的我已經不知該說甚麼，事實似乎與我感知差距龐大。是不是縱使我不在，妳也學會面對尷尬與無奈？聽來較成熟的妳大方打破沉默：「對我說說實話吧，告訴我，為甚麼想當河邊的石頭？」

『原因會很幼稚。』多盼望漸大的雨勢，能帶我逃離這個狼狽的問題。

「說吧。」

『馱日人背太陽走了很久很久，很渴。喝下水就變石頭了。』

「這跟吸血鬼沒關係呀？」

『喔對。又看了一遍，妳有發現嗎？』

在山間的吸血鬼大本營，隧道交織錯綜河道，在遠古組織建立前，總有乳臭未乾的吸血鬼衝動直接跳下湍急的河水，以證明自己的實力，卻經常屍骨不存。主角在意外中也掉入河中，九死一生後，登上了王位。

「你還是在想著與眾不同，跟我一起當螺絲釘，不好嗎？」妳的揣測輕輕，但傷人力度十足，今天的妳壓根不尊重理解我魂牽夢縈的兒時夢，妳不想知道我為甚麼在這裡當石頭，妳根本不關心我！但我不喜歡發怒，選擇安靜。

「這是不勞而獲，為甚麼想活得比較輕鬆？我很努力的活著，你卻想放逐！」

『也許真的有些不成熟，可我只是想重生。』

「你都沒想過這一直在傷害我？不覺得該長大了嗎？」

大雨滂沱打下苦苓結實纍纍的金鈴子，對講機的收音質卻絲毫不受影響。

『妳真的不知道為甚麼我要來當河邊的石頭？那我對妳所說的一切就只是浪費力氣，妳是不是自己都忘了！』

「你的確說了好多好多，但是，我覺得都跟當河邊的石頭沒關係呀！你說的那些，我都還記得的……只是我想忘記了。所以……謝謝你記得，但是，希望你也忘記，貼上膠帶，或者淋上米酒燒掉。總之，不要再提醒我了！」

我有些不敢置信得輕顫著，心情與其是震驚，真摯的該說是不甘心，我問：『如果都忘記，就會沒有妳的記憶，這樣也好嗎？』我的手指在顫抖，問題意識接近著內在深層的恐懼，細心留存的回憶，原來妳會連帶著光陰拒收。妳怎麼回應都是正確大勾勾，卻都不會是我想要的答案，只會劃上鮮紅刺鼻的哀痛。

妳不給我緩衝時間，就直接吐實：「這樣聽著、聽著，都以為你是愛我的。幫我記得一切，我很感動，你是唯一會知道所有的我，還能接受我的人⋯⋯可是這只是溫柔呀。」妳又哭了，然而我不再厭燥和激動，相反感到平靜安慰。一直在改變的妳我，當之間存在些不曾改變的事物，總讓人欣慰。妳哭著哭著，幾乎要過度換氣，距離遙遠的時空，在這一瞬間的妳卻是真實的不曾改變，甚至從未覺得我是真的愛妳，這點也完全沒有變。

我想跨時伸手抱住妳說：『我不要忘記妳。』我們不會是一雙一對，我們該是一體的！然而如果時間真的過了太久，我現在所能想像的妳，也不會是妳了。

我愛的妳已經不是現在的妳，那我還愛妳嗎？會不會只剩溫柔？

真的是被妳說服，都快以為自己是溫柔的。也以為自己是不愛妳的。

不會的，我這麼愛自己，怎麼會不愛妳。妳就是我，我怎麼能不愛妳。

『你還是覺得我沒有愛妳，還可能會害妳。』

「我想⋯⋯你是沒辦法愛的，畢竟你這麼長不大。」

『我可以體諒。』我沒想錯：該是橘子。妳是甜美的果肉，而我是必須剝去的外皮，可我好希望我們是不會輕易分開的蘋果。

「所以⋯⋯你會走？」

『會捨不得嗎？』

「我很喜歡你，甚至該說是很愛你，所以我能這樣送你離開……希望你不要誤會，我才不想像之前對媽媽、姊姊、哥哥那樣，把你綁在身邊……連死後都要被我牽制。」

『被妳牽制，我不遺憾。』

「可是只要像去雷射掉刺青，痛一下，忘掉，一切都能回到從前了！」

妳說得倒是雲淡風輕，反駁：『妳說青梗峰的頑石會抹去一身石頭記嗎？』

「所以你之前不想忘是因為怕痛嗎？」妳的理解能力長大後還是差人一截。

『怎麼會有甚麼比愛妳，更痛？』

「你真該回來寫小說，你想想如果我們是部小說。」

『那會像吸血鬼小說一樣：第一集他們相遇，第九集有人死去。』

「可是這樣到十二集前，只剩我一個人。」

『只要妳開口我就不走。』

「……但是，在我心裡，你已經死了很久。」感覺得出來，這是實話。

『我離開，妳其實不太難過吧。』

「我只想愛死去的人，你死了正好愛你。」妳愛我……是因為我已經死去；我愛妳，是生來如此。

我們相愛方式是兩端，但是無須評論異端與否，反正……我愛你；妳愛我。

還停滯在妳總是在迷惘的刻板印象，如今聽到妳能堅定說愛我，也能放心得吐露真心，向妳告辭：『一直在等妳這麼坦承，等到變成石頭……大多的時候，自欺欺人得不想去承認妳很清醒的事實。也好，現在不用再等。

妳真的愛我，就夠了。

再見。』

我們都懼怕把愛說出口，擔憂說得太多失望越多，然而彼此都只想要的原來只是誠實，當下也終於稱得算是了無虧欠的道別：『只剩妳會記得我，所以即使記下些糟糕的囈語也好，畢竟除去妳的過去，我們兩人似乎沒有太多回憶。

請記得我。

我要用河水給石頭的侵擾，來沖刷所有關於妳的記憶。

真正的，放逐自己。』聽到妳默認地將對講機關上，這該是我們都渴望且僅剩的合適結局，我活絡連年不曾運轉的手指，手尖關節卻不堪斷裂，碎片捲入河水。我以殘肢按下紅色開關，吃力地運用所剩無幾的手部，把從此無聲的對講機連帶一旁橙黃成熟的川楝子推入石縫間，如果有一天妳能再回到這裡，希望河伯能幫我們留下一些陳跡。

用盡氣力，我仍罔顧頸椎斷裂的危險，去仰望長期庇蔭的苦楝樹，枯槁蕭瑟我僅能為其禱告枝幹尚未腐蝕殆盡，能熬至遇見春神拜訪。

感受霏霏雨水洗刷身上裂痕，將他們撐大崩開，無視狂風暴雨的敲擊咒罵，我投入聆聽自己微小的溫柔耳語，我重回幼時在河邊為母親汲水，欽羨著在沿岸發呆的石頭們的那個小女孩。實踐這個簡單的心願，我學習像石頭般，靜待陽光再度照耀。

當時間恢復堅毅，隔日的早晨也來得特別快，上漲河面粼粼的閃爍，像是群初生的小魚群在列隊歡迎著一場盛大的祭典、慶典、告別典禮。

一抹豔紅渲染，在反射綠蔭的快速水流間很突兀。

但，一下子就被稀釋消失了。

風雨過後苦苓長出新芽新葉，連綿綻放的淡紫色的圓錐傘狀小花從上飄落，景色恢復為千篇一律的綠意，讓人昏昏欲睡，不由衷的期待生事，也許有個女孩跌倒、出現野獸，或是來一場自然浩劫，能來弔祭閒閒無事的河神。

朱宥勳：

最好的狀態是讀者從頭到尾都不要確定到底石頭有沒有說話，因為如果他真的說話了，那他就掉下來變成一個擬人的故事而已；如果他沒有說話，那我們永遠都有一個曖昧狀態，他真的說話了嗎？小女孩當初是為什麼？他這樣做後面的心理狀態是什麼？如果你一直維持這個曖昧性的話會很不錯。但後面有點過頭、失重了，我們石頭變得太有感情，他真的很認真在傾訴說你以前都這樣、怎樣怎樣、我們最後怎樣怎樣。他本來應該是一個氣體、一個像氣態一樣液態的小說、流動的小說，但他變成一個固體被結晶了，那可能性就有限了，這是比較可惜的地方。

那再來就是第二件事情，我覺得小說的前後段有一個主題上的斷裂，前段主要的主題我會把他視為是小女孩跟他身邊的人共事，就是他的爸爸怎麼了？他的媽媽怎麼了？他的人際關係、他的家裡怎麼了？然後他們狀態是怎麼樣子；但到後段他突然變成一個愛情故事，石頭代表這個人，這個人跟小女孩的愛情故事。這樣在一個短篇小說裡面其實又變成兩頭馬車，往兩邊走，有點亂，我並沒有看到他有一個很好的收攝。

然後你在愛情線作個結，但家庭線沒有任何處理，走到一半就斷了。可能是你想的事情想太多，想到有點複雜，以致於走到後面忘記前面，滑到另外一個軌道。除非有一個可能是，你有辦法用一個理念把兩條線都綁起來，但目前為止至少我沒有看出來，所以這會讓我比較遲疑一些，這可能是他比較大的問題。不然的話其實這篇的文字基本非常好這樣，可以的話我當然希望他再瘦身一點，很多細節我覺得其實不需要說。

傅月庵：

這一篇的話應該算是奇幻的小說，但你整個並沒有太多的敘事，沒有前沒有後，然後講的很多東西都是有點贅了，那你就算是奇幻故事，也應該要有一個故事的架構，可是他整個架構我覺得是不足的。

你的文字，如果我能夠用多少字講，就用多少字就好了，走到河邊真的不需要兩三頁。那除非有一天，你已經像普魯斯特一樣了，光是講他躺在床上，就可以寫五六頁，可是那個是可以讀、不要學，那個是很不簡單的一件事情，你的年紀的話可以先學那種比較基本的，講好一個故事就好了。

朱宥勳：

我補充一下剛剛的地方，你可以去看一下新海誠的《星之聲》，新海誠是一個日本動畫家，他的作品還可以在網路上找到。他是一個很短的動畫，那他的框架設定呢，不能說跟你很像，但裡面必然的獨白設定你可以去看一下，他選的獨白是什麼，他沒有像你講那麼多話，他獨白沒有幾句而已，但在獨白跟獨白之間插入的細節跟故事是什麼？他怎麼去對照收到獨白的那個人，跟說的獨白那句話之間的關係，你可以去試試看，我覺得那是個不錯的想法。

舞鶴：

1. 類寓言體的小說，一個創傷症候的女孩出走變成河石，另一位姊妹走入山林溪谷去寫她，之中的爬涉過程描寫，兩人幻想體的對話，又帶出「不倫」的創傷，其中夾雜對責任、逃避、親情、時間、言語、記憶……的省思。

2. 小說的魅力不在情節，而在敘事的形式本身，必要循著敘述的細微、節奏、韻律緩緩前進，對白像詩的休歇，讓你在靜默的喘息時一點點關連到人事物理念的趣味。

願望

教政四　黃騰葳

1

某間食堂的廚房的下水道內，住著一隻母老鼠，雖然在得天獨厚的廚房環境讓自己能夠免於在外奔波，但廚師自然不會放過牠，每次看見就是一頓臭揍，甚至還動用老鼠藥，為此牠的生活竟也不甚富足。

今天當老鼠在半夜偷偷出來覓食的時候，一如往常地抱怨道：「唉！這些人類還是那麼小氣，明明食物剩那麼多，卻連一口也不願意與我分享……」。

「是啊，真是太過分了。」

老鼠回過頭來，赫然發現身後蹲了一隻墨綠色，長著犄角的生物，老鼠小小的腦袋運作一會後，用不確定的語氣問道：「你……是青蛙嗎？」

「才不是咧，我是妖精 imp 啊，看。」妖精一面說著，一面展開了瘦小的帶膜翅膀，啪啪地振動。

「妖精啊…沒見過呢，不過這裡很危險，建議你還是去別處找吃的吧。」如果廚房裡多一個人住，活動起來不就更顯眼了嗎。要在深夜找尋沒有老鼠藥的食物已經很辛苦了，老鼠抱持著瘠人肥己的心態，委婉地向妖精發出了逐客令。

「啊，你不用擔心，我是來幫你的。」妖精拍了拍老鼠毛茸茸的背說道：「我們妖精專門幫人實現願望，依照傳統，我可以幫你實現三個願望。」

「什麼願望都可以嗎？」

「當然。」妖精的指尖放出一道光芒，噗地一聲輕響，地上的寶特瓶蓋瞬間變成了黃澄澄的奶酪。

「太棒了！」老鼠瞪大了眼睛，小小的手臂在空中興奮地揮舞。「我的願望就是希望那個討厭的廚師消失在世界上。」

「可以是可以啦……」妖精搔了搔尖細的下巴說道：「可是這樣一來，廚房就沒有人做食物了喔。」

「嗚喔。」老鼠沒想到這點。

「不如許願讓自己能夠光明正大的上餐桌如何？」妖精建議。

「好極了，就是這個。」如果能光明正大的上餐桌，那就什麼好吃的都能隨便吃了，更解氣的是可以跟平常老是驅趕自己的人類平起平坐。

「那剩下兩個願望呢？」妖精不知從哪變出了一張小紙條跟墨水，用指尖蘸墨，沙沙地寫滿了一堆老鼠看不懂的文字。

一想到今後能夠衣食無虞，老鼠膽子不禁大了起來。再看看自己身上雜亂的毛皮與傷痕累累的腳爪，便說：「我希望自己變漂亮。」想起空蕩蕩、冷冰冰的下水道，覺得就算變漂亮，沒有同伴來讚美自己真是太空虛了。於是又說：「然後我希望能獲得很多老鼠的喜愛。」

「簡單來說，你希望能夠光明正大的上餐桌、變辣，還有變紅對吧。」妖精在字尾加上一個華麗的句點，然後將墨水與紙條遞給眼前蹦蹦跳跳的齧齒類，說道：「蓋個掌印，契約就完成了。」

老鼠二話不說，將墨水沾滿雙掌，啪嗒一聲蓋在紙條上。只見滿紙的墨跡開始快速蒸發、飛舞，如颶風般包圍住老鼠的身軀，隨後又是一陣耀眼的白光……。

老鼠變成了一罐辣椒醬。

「哈哈哈哈哈……」妖精爆出震天價響的尖銳笑聲，在地上抹著眼淚打滾。

「等等！這是怎麼回事！」老鼠憤怒地大喊，但身為辣椒罐的身體卻只能發出蚊子一般的聲音。

「沒錯啊，你的願望不就是希望能夠光明正大的上餐桌，變辣還有變紅嗎？」妖精好不容易止住笑，喘著氣回答：「辣椒醬正是又紅又辣，等等我把你擺上餐桌，就三個願望一次滿足啦。」

「一點都不好笑！你惡意曲解我的願望！」老鼠試圖撲向妖精，換來的卻只是辣椒醬的微微震動。

「不會啊，我覺得你們這種選擇性忽視定型化契約行為很好笑。難道你們真的以為能藉一個陌生人的手不勞而獲嗎？」說罷抱起老鼠變成的辣椒醬，緩緩飛向餐桌。

「騙子！騙子！」老鼠在降落的過程中，聲嘶力竭地咒罵著。

「這你到說對了，我是有件事騙了你。其實我們妖精的法力只能夠維持十二個小時，所以別擔心，十二個小時之後你就又是一條好漢……不對，好老鼠啦。」

午夜的鐘聲敲響了節拍，妖精漸去漸遠的笑聲，與細碎的吱吱咒罵聲，在幽暗的餐廳裡奏起了短短的快板小夜曲。

2

「妖精好不容易止住笑，喘著氣回答：『辣椒醬正是又紅又辣，等等我把你擺上餐桌……』」

「等等，喂，這個理由也太牽強了吧。」

「『……等等我把你擺上餐桌，就三個願望一次滿足啦。』」

「說真的，等一下。小威，我聽不下去了。這個故事他媽的前半部分像童話。後半部分像網路上抄來的冷笑話。」老詹抬起頭，把看白癡的眼神越過電腦螢幕拋射過來。

「可以請你先聽我念完嗎？」我忍住被不屑目光大轟炸所引燃的怒火，把原稿翻到下一頁，但還沒開口就被老詹打斷。

「首先，為什麼妖精能跟老鼠對話，用詞還都充斥著人類的文化用語，比方『紅』跟『辣』？」老詹再度把視線移回螢幕，將滑鼠點的喀喀響。壯碩的軀體蜷曲在十四吋的筆記型電腦前，形成一幅有點詭異的畫面。

「這是兒童故事，拜託你不要這樣較真。」我抽起半口氣，邊嘆邊答。

「這個妖精為什麼要浪費生命去玩弄一隻老鼠？」老詹飛快地騰出手來打了一串字，然後繼續握起滑鼠。

「因為它是 imp，imp 是一種源自日耳曼傳說，專門以惡作劇為樂的妖精。」

「所以你這篇故事的重點到底在哪裡？」左手大力敲擊著外接鍵盤，老詹的語氣隨著滑鼠聲響的急促以及遊戲內傳來的爆炸效果音開始變得焦躁。

「首先是深入淺出地闡釋馬斯洛的需求層次論，人很容易在滿足生理與安全需求後就轉而追求愛與歸屬跟自尊——就跟老鼠一樣，但是這種模式流於常規後是否會產生問題？這個思考是第一點。其次是想諷刺一下那些被欲望蒙蔽眼睛的人們，最後就是定型化契約，雖然我們都知道該好好看……」

「幹！」把滑鼠重重一摔，我這位資工系的學長猛然站起身，飛撲到嘎吱作響的木床上重重的喘息著。可憐的滑鼠就這樣維持著自掛東南枝的姿態，在桌邊晃阿晃的，底部的紅光宛如迪斯科球般掃射在衣櫃下方的最後一抹餘暉上。某首不懂得看氣氛的抒情老歌此時從播放清單中緩緩響起，伴隨著漸弱的遊戲音效，一時間我們那擺放衣櫃的老舊角落，竟產生了一種投幣式廉價卡拉ｏｋ的氛圍。

「又輸囉？」雖然我很想抱怨他根本沒在專心聽我的文章，但現在顯然不是時候。

一陣沉默後，老詹的悶聲從棉被中傳出來：「隊友根本是神經病，叫他退後幾次了都講不聽，只會一直衝。」

「玩個遊戲還得嘔氣，要不要考慮直接移除算了？」我放下原稿，一屁股坐回書桌前，塑膠折疊椅發出嘎吱的抗議聲。「更何況，我覺得你最近有走火入魔的趨勢，線上遊戲一款玩完換一款，除了睡覺游泳外壓根就一直坐在電腦前。」

「我也不是因為喜歡玩才玩的。」

尷尬在男歌手輕柔的轉音裡，慢慢注滿這五坪大的小宿舍。我只能說自己並不是很明白眼前這位學長的思考邏輯。如果是喜歡到上癮的程度還說得過去，如果根本不喜歡你幹嘛玩它呢？

「說真的，你打算拿這種東西去投稿兒童文學獎？」老詹翻過身來，用衣角擦拭著眼鏡。

「我們教授曾說過，只要是能夠打破僵化觀點，產生複雜聯想的文本就可以稱之為文學。我覺得這種能帶給小朋友啟發的故事已經稱的上是好作品了。」

「所以你是為了獲得別人的認可才去投稿作品的？」

有時候我真的很討厭老詹的這種刺耳但一針見血的說話方式，就像大學面試，當面試委員問你為什麼要選擇本科系時，標準答案是：「因為我對於這個科系十分有興趣……契機就是……」；就算動機不是如此的人，也不會老實說：「因為我想念國立大學，但分數只報得上你們系。」

「當然不是，寫作本身就是一件快樂的事情。」好吧，我無法否認自己心中當然有一小部分希望自己的作品得到他人實質上的認可，但無論是閱讀或寫作確實能夠帶給我快樂，否則當初也不會選擇中文系，這個回答我完全無愧於心。

「如果你在乎的是寫作本身，那你為什麼要投稿？寫完了把它鎖在保險櫃裡不也一樣嗎？」老詹戴起眼鏡，從桌上一堆凌亂的發票中摸出機車鑰匙。有時我真心覺得這位大五的學長根本不是資工系，而是哲學系的學生。

「好啦，我承認自己希望有別人的認可。」我繳械，但還是心有不甘地小小反駁了下：「就算是這樣，也沒有什麼不妥吧？」要是每個人都得有遠大的理想與抱負才能寫作的話，那全世界書籍的刊行量大概會退回活版印刷時代。

「我要去吃晚餐，有需要順便幫你外帶一份嗎？」老詹沒理會我的反駁，拉上夾克的拉鍊站起身。

「你要吃哪，巷口的拉麵店嗎？」我知道如今再請老詹繼續幫我審稿已經無濟於事，索性就放任他離開。

「不，那家湯多麵少又難吃，何況自從上次在廁所裡看到老鼠之後我就再也不光顧那家店了。我要去車站附近吃牛肉麵。」

「很遠耶。」我們住的小公寓離市區有一段距離，得繞過一大片農地才能接到產業道路上。

「不會啊，我從後山騎過去只要十分鐘。」這個人的語氣彷彿用時速七十騎完十幾公里沒有路燈的山路是再正常不過的事情。

「好吧，麻煩幫我帶十二顆水餃。還有拜託你騎慢點。」

老詹把耳機戴上，揮了揮手。

聽著拖鞋敲打著階梯的聲音，這才發現殘缺的百葉窗外早已是一片靛藍，斑駁的牆壁上投映著懸宕滑鼠搖曳的紅光，檯燈在旁無力地滋滋閃爍著，真是好一個恐怖電影的布景。說實話，會搬來這裡的人除了覬覦那廉價的租金之外，我完全想不出有什麼其他的優點。

我按下檯燈的開關，站起身試圖把百葉窗向上拉，但拉繩的滑輪早已經扭曲，洞口還被不知道是哪一任的房客用口香糖黏死了。我嘆口氣，撥開百葉窗，目送老詹的車尾燈離開社區，然後將老詹吊死在桌邊的滑鼠放回滑鼠墊上，一面整理著這位好室友對我作品的評價。

確實，我承認關於辣椒醬的笑話有點牽強，但如果要把它拔掉，那這個故事就一點獨特性都沒有了。關於創作動機的問題更是與作品內容無關，但不知為何，這個問題確實令我不快。話說回來，雖然我很感謝他願意幫我的作品勘誤，但是送佛送上西，難道他就不能把遊戲關掉好好的聽嗎？

一陣疲憊湧上，我把老詹的音響關掉，躺回自己的床。感到酥麻的疼痛感從耳後爬上太陽穴。果然昨天只睡兩個小時實在太少了。

「真希望能夠順利得獎。」我在半夢半醒間，對著黑暗的房間喃喃自語。

「這就是你的第一個願望嗎？」一個成熟的女聲從窗邊傳來。

我抓著棉被從床上翻滾下來，左膝蓋在一片混亂中撞上了折疊椅，使得我整個人失去平衡撲倒在地上，疼痛與驚愕讓方才的睡意全消，。

老詹下樓時忘記關門了——這是閃進我腦內的第一個念頭。但仔細想想，我的床位就在門邊，有人進來不可能沒聽見腳步聲。難道她是從窗戶進來的？但這裡是三樓啊！

「你是……誰？」我掙扎著起身按下房間大燈的開關，卻發現開關完全沒有反應，房中依舊一片漆黑。

「我是形上世界的居民，終極善的追求者，同時也是願望的聆聽與實現者。一般人稱呼我為天使。」眼前穿著針織外套與緊身牛仔褲的女性年約三十歲，有著坑坑疤疤的面孔與及肩的棕色頭髮，語氣中帶著明顯的慵懶，一幅年輕活力方才被公司消磨殆盡，但衣著打扮還來不及跟上心理變化的社會人樣貌。

我不知道這個神經病是怎麼跑進房間的，但是總之碰到這種狀況不可以激怒對方，得冷靜應對，並尋找離開現場的機會，我找尋著手邊能夠拿來自衛的武器，卻只發現一個 500 cc 的塑膠水壺。

「我以為天使應該……應該身穿白色長袍，身後長著翅膀，頭上還有光環之類的……」

自稱天使的女人笑了笑，說道：「白色長袍！為什麼大家總是習慣把文藝復興時期我們的形象沿用到工業化社會？難道你們認為翅膀跟光環會幫助天使實現人們的願望嗎？」

「我覺得……」抓起手機準備報警的我維持著前傾的姿勢愣在地上，因為女人開始緩緩上升，在空中翻轉 180 度後，像蝙蝠一樣頭下腳上地站在了天花板上。仔細一看，在黑暗的寢室中，她的身上發出一陣淡淡的藍光，令人陶醉。

「所以，你的願望是能夠在兒童文學獎順利得獎？」

「啊，是的。等等、不，不是……我的意思是……是的。」我大夢初醒，凌亂的思緒參雜，讓口中吐出的話語不成章句，我懷疑自己是否寫小說寫瘋了，但是剛才跌下床的疼痛感，以及眼前的異象都強迫我承認眼前的女人確實是人們所說的天使。

「好的，那麼在將來，你將損失兩次獲得文學獎的機會。」天使拿出一本筆記本，用老舊桌上的原子筆開始書寫。

「等等……什麼？」我喊了出來：「這算哪門子的實現願望？」

「就算是天使，也不能無中生有啊。你國中有學過能量不滅定律吧，如果一個人希望確實改變現狀，那麼就必須從別的地方拿來一點能量，最簡單的做法就是從同一個時間軸上的自己擷取，但因為轉移的過程能量會有流失的情形，因此如果要實現當下的願望，就得從將來剝奪該願望兩倍的能量。」

我想起自己故事中的老鼠，果然天下間沒有白吃的午餐。但是反過來想，如果這個人真的能夠實現所有願望……

「我希望自己一生能的作品皆能夠獲獎。」

「好的，不過你的一生會因此變得十分短暫，並且失去在其他領域的所有成就機會，這樣可以嗎？」天使面不改色地說著。

我稍稍思忖了天使這句話背後的含意，赫然發現是某種程度上的侮辱。話說回來，就算眼前的這位天使不是什麼魔法金魚，但連高利貸都只有 10％的利息了。許個願居然需要 100％的利息，實在令自己無語。

「你不是第一個跟我玩文字遊戲的人。在此再次給予忠告：請遵守能量不滅定律許願，這才是對你最好的選擇。」天使把玩著原子筆。把電腦的音量調大。「啊，我喜歡這首歌。」

我把臉埋進雙手內。寫了一個關於願望、諷刺人性的故事，但面對真正要許願時卻手足無措，這真是太丟臉了。此刻許什麼願早已不重要，重要的是搞懂這套高利貸許願系統到底該怎麼運作，這關乎我身為作者的尊嚴。看著眼前的天使，或許以滿足私慾的角度來許願從根本上來說就是錯誤的。因為願望源自於人類生存的動機與慾望，代表善的天使一定不喜歡人們為了私慾許願，說不定這種高利貸式的許願方式正是希望我們許善的願望，才會有善的循環，就像那個以長筷子餵對方吃飯的寓言一樣。於是我說道：「希望世界上人人都常保喜悅，不要有爭執。」

「這兩個願望不是辦不到，但是請你好好考慮一下。」天使露出了若有所思的表情。「首先情緒是相對性的，一個人現在快樂，將來必然有相對不快樂的時候，若索求無限上綱的快樂，我只能持續刺激人們的前額葉到大腦無法負荷的程度；其次是爭執的問題，沒有爭執表示每個人都必須放棄自己的立場，遵循某種特定程度的規範，你要用最後一個願望決定這個規範嗎？」

我在心中打著自己耳光。

天使拉過折疊椅，在我面前用豪邁的姿勢坐下。「抽象的願望是很危險的，你讀過 The Monkey's Paw 嗎？一對老夫妻得到了能許願的木乃伊猴掌，許願希望得到一大筆錢。但最後那筆錢竟是兒子的撫恤金。越龐大的願望越難完全實現，而且成就的形式也會受到諸多限制，最後往往不是許願者所希望的結果，因此除了確切的描述願望之外，還是希望你們能夠遵守能量不滅定律。」

「但是…但我是為了別人的幸福而許願啊。」

「你為什麼要為了別人的幸福而許願呢？」天使把筆記本擱在大腿上，饒富興味地看著我。

我又愣住了，從小我們就被教育：「幫助別人，成就自己」、「助人為快樂之本」等等，特別是宗教往往講求大愛，更重視關懷他人的重要性。如今聽見一位自稱天使的人質疑「為別人的幸福許願」這件事的正當性，真是說不出的彆扭。

「妳身為天使，的目的不正是要促進世界的善嗎？」我無助地說道，感到沉重的烏雲再次爬進我的腦中嗡嗡作響，沒想到許個願竟然還要跟天使辯論哲學問題。

「理論上是如此，但一味的行善並不能保證善果……這牽涉到許多複雜的議題。」天使看見我臉上困惑的表情，娓娓說明道：「例如價值觀的問題，一個食人族的酋長可以心平氣和的享用完母親的肉，然後自覺與母親的靈魂結合是一件好事——當然這是比較極端的例子；相對來說惡行也並非絕對的惡行，例如判殺人犯死刑究竟有無正當性。或許有人認為這樣拯救了更多的人，是善行；但也有人堅持殺人就是罪惡。」

「難道沒有所謂形上世界的規範與準則嗎？」我開始覺得自己的宇宙觀開始隨這個跟著 bossa nova 旋律搖曳的天使崩壞。

「當然沒有，如果有的話就不會有天堂跟地獄的分立了。難道你以為形下世界所無法解決的問題都能在形上世界獲得解答嗎？別忘了形下世界是形上世界的投影，就算我們更加貼近於真實，有一些問題的本質是不變的。」天使把筆記本向我展開說明著，但我卻只看見一片空白。「在此時有人引進了 data mining 概念，於是我們嘗試用統計來解決這個無解的問題。總而言之，本性論的問題此刻對我們來說就變得非常重要了，因為用相關的方式探索本性——也就是人類的願望以及生存的驅力，就能證明其中一方的價值觀是正確的。因此我們目前的實務工作層面是尋找一些比較純粹的願望，幫助人們實現它，希望向地獄的領導者證明，願望依舊有可能是純粹的，人的本性還是……」

「那拜託你離開吧，我現在連自己都不確定自己的願望是否純粹了。」我忽然感到一陣火光，到頭來，我的願望只是他們競賽的籌碼。

「我覺得你一開始的願望就很純粹。」天使試圖鼓勵我。

「好！但是我現在的願望就是希望你離開這個房間，求你了。」我用棉被把頭包起來，拒絕再看那雙清澈卻深沉的眼睛。

空氣在棉被的包裹中慢慢變得稀薄，Kenny G 的歌聲在安靜的房中開始厚重、清晰起來。

...Tall and tan and young and lovely. The girl from Ipanema goes walking

And when she passes he smiles , but she doesn't see.

那個慵懶的聲音沒有再出現，取而代之的，是巷口房東家老黑狗一陣莫名的狂吠。我感到有股強烈的下墜感攫住了全身，大腦卻不聽使喚的開始播放昨天所看過的連續劇。

but she doesn't see...but she doesn't see...

我從不知道跟天使聊天是一件這麼令人不愉快的事情。

but she doesn't see...

3

「這種店一看就像是有老鼠的樣子，我最討厭小動物了。」穿西裝的男子抱怨著。高湯的熱氣充斥著店內的每一個角落，正午時段的拉麵店擁擠如尖峰時段的電車車廂，佈滿淡黑色油汙的桌面還殘留著上一位客人所享用過的食物殘渣。剛洗過的一籃筷子隱約還沾著洗碗精的泡沫，與麵粉的霉味揉雜，逸散出令人作嘔的化學藥劑味。

「請謹言慎行，將心比心。」桌子對面穿著針織外套的女子瞪了他一眼。「如果今天是你開拉麵店，聽到客人一進門就說這種話，會作何感想？」

「我會檢討店內的衛生環境是否真的很糟糕，然後把鼻涕擤到那個人的拉麵裡。」穿西裝的男子笑了笑，用面紙將桌面稍作清理後，幫女子擺好餐具。「不過連將心比心這種話都講得出來，難怪你會跑到天堂那邊去工作。」

「難道你不同意這句話？」女子翹起二郎腿，用質詢的語氣問道。

「當然同意。」男子舉起雙手，擺出投降的手勢，畢竟在吃飯前吵架不是什們值得嘗試的事情。「但是在這之前我更相信每個人要先把本分顧好，而在檢視缺點的同時，適度的外在批評是必要的。如果大家都想著將心比心，姑息苟且的態度只會讓整體生活水準退化。」

「退化！」女子越發咄咄逼人：「屬靈生命的追求難道只剩下物質生活水平嗎？我們是將許多個人的利益轉化為道德性的集體的共同福利，你們的做法只會讓利己主義成為常態。」

「投降！我錯了，請老姐原諒我的失言。」男子想起地獄裡流傳的一句俏皮話：永遠不要試圖去戰勝一個天使。因為他會把你的智商拉低到天使的水平，然後他們無理取鬧的豐富技巧打敗你。「說起集體，你一年沒回家了，老媽很擔心你……」

「我很忙。」女子忽然對隔壁桌吃著牛蒡絲的大叔產生了高度的興趣。

「拜託，老姐，你有空在這裡跟我吃拉麵，一定有時間回去一趟……」

「我們只是各自在出差的時候『巧遇』，不是利用私人時間聚會，更何況我回去還要寫關於這次對象放棄許願的報告書。」

「放棄？」男子驚訝的表情只維持了幾秒鐘，隨即露出無可奈何的神色：「你該不會又老實跟人們交代許願需要代價了吧。」

「根據毒樹果實理論，我們必須公開所有的條件，否則只會讓……」女子有氣無力地說著，好像自己也不是很能堅持這種說法。

「這種想法不對。」男子糾正她。「我們讓人類許願的目的本來就是探求人的本性，其中包括認為滿足慾望需不需要付出代價。因此如果許願者沒有問，我們就不該講，觀測者本身過度的涉入才會造成錯誤的結果……啊！我明白了，所以這就是我們——天使與惡魔——根本上的差異。不是什麼利己與利他主義，而是你們會以有色眼鏡去看世界。」

「兩碗大碗豚骨拉麵。」穿著髒汙圍裙的矮個子服務生捧著托盤，努力穿越擁擠的座位前來。

「湯這麼多，我看大碗與小碗不過是水量的差別。」男子故意大聲感嘆著，服務生的臉紅得跟石榴一樣，唯唯諾諾地逃離了現場。

「我覺得這才是我們根本上的差異。」女子目送服務生微胖的身形消失在廚房的窄門中。

惡魔微笑，他從十歲的時候就知道自己這輩子都說不過姐姐了。正想幫湯裡加點辣椒的時候，手上的辣椒罐忽然開始劇烈的扭動，噗通一聲，掉進了下方的豚骨拉麵中。

「唉呀，變成名符其實的地獄拉麵了。」天使揶揄著。

「不是啦，說真的這罐辣椒剛剛扭動了一下。」惡魔頭一次顯得有些困窘，但依舊不疾不徐地用筷子在湯碗裡打撈著。

女主播的聲音從收音機裡傳來：「中原標準時間：上午十二點整……播報午間新聞：今天早上在A鎮後山山溝中發現一名學生機車騎士，疑似是車速過快導致過彎時打滑，法醫初步研判……」

— fin —

傅月庵：

這篇小說完成度非常的高，也就是我在一開始跟大家講的，你不要在 3A 混了，你去大聯盟啦。我在讀這篇小說的時候，花了非常多的時間去網路上面查，去查他第一個故事、這個梗到底是不是去抄來的，因為我會覺得這個梗很可能中國大陸那邊傳過來的是不是？我剛開始讀的時候以為這又是一個奇幻小說，結果我第一段讀完的時候發現不是。

那幸好我把這篇文章看完了，前面跟後面看起來好像完全沒有關係，可是他前面這個是真正的楔子，他後面的話跟他緊接的非常非常的緊密。就在談論有關於願望這件事，因為從某個角度來講，他中間應該有很多的知識，你在讀的時候會發現，他花了很多時間在哲學上討論願望這件事，這是他的弔詭之處，然後他講到魔鬼、講到天使。

他也是一個架空的小說，可是你從頭讀到尾非常的流暢，整個情節、鋪陳跟推進，還有他的節奏包括文字都非常的準確。甚至於到了最後他還沒有忘記前面好像無相關的楔子，到最後還跟前面呼應，所以我對這篇小說我沒什麼話講，這是一個好小說。而且我要建議這個同學，你要繼續寫，我可以看得出你的才氣。

朱宥勳：

我不太喜歡看到有人在大段的討論抽象概念，但是因為他討論的東西有意思、有趣，能夠做到這件事的人不多，如果你有興趣的話，我推薦你看米蘭・昆德拉，他是全世界最會說教的小說家，整篇都在說教你還會覺得很爽，就是不知道是怎麼辦到的，那也許你也很喜歡他，有興趣可以看看。

這篇小說分三段，那我不得不說真的藝高人膽大，他的三段就是用三段不同的小故事來告訴你願望這件事，然後想辦法中間有些線索把他串接起來。一開始看前兩段的時候我還以為是後設小說、某種創作論，但到後面發現他真的就是在討論願望這件事，而且三個段落裡面他分別要討論什麼事情他想得很清楚。基本上這種寫法就跟寫論文沒有什麼兩樣，這就是好看的論文這樣。

一般讀者可能會是，你這個滿天花雨手法一灑，就覺得對，後面好漂亮，然後我們就忘記你在幹嘛了，但對不起我們是要評審，所以我們會一直反覆去想這件事情。結尾這邊你其實沒有把原來的線收掉，你就是拉一條線、拉一條線、再拉一條線，然後跟我說：「那裡有流星！」那線呢？對，流星很美啊，那線呢？所以在這邊的時候我覺得比較需要遲疑，你這個結尾我覺得有點小小的取巧，不過沒關係啦，通常聰明的人才有辦法取巧。

舞鶴：

1. 玩笑文章探討天使——魔鬼許願諸多問題。
2. 如此空洞，不禁令人懷念寫實。

鞋

中文四　曹育愷

「這是今天，想起你的第三遍。」

已記不得何時起，慣性入侵生活開始無一例外的日子。晨起，我能準確於第三聲鈴響時關掉鬧鐘，播放同一首歌曲，隨結尾歌詞了結儀式般開啟整日的方式。應該還沒起床吧？日子於我總過得早些，尚待整座城市復甦時就已開始，機械般更迭的時刻，規律而痲木地行走著。而我是個無趣的人，過著凡庸的日子，裝點無謂的想法，消耗著。被劃除的日子來到第七天，也正是你搬進這棟屋子的第七個晚上。而我在乎仍是那門外擺放那暗紅色的鞋櫃，如幼時父親珍視的。

適日隨鞋櫃傾倒摔裂成片，如母親哭嚎夾雜傻笑撕爛的照片，至今我仍未曾試圖復原，亦不敢觸碰，抵任憑其散落於早已荒空的建築中自消自長，而牆垣頁片地剝離彼此曾塗抹的筆觸，增長原有的斑白。自搬離的第一日，時間就已嫁接為減法，緩慢而精細地刪減著，再為細小的刻痕終得臣服於時間，關於足以證明存在的符號和殘餘，緩慢卻等速著丟失著。

「你擺脫了嗎？」儘管我反覆刪去，空乏時日仍被妳逐一回填，充塞已然無用的昨天。

離去前一日，妳喃喃著和父親相處的畸零，想來其實什麼也不剩。多餘出脫的話語如祝禱，定著於某個無以定位的遠端，自始不曾擁有的你該如何失去，該如何試圖失去？

「妳是我見過最善良的人」，逐一向妳告別的包含他，某個我已不再稱作父親的人，你們僅能脫口的字句，包含某種對母親偏執，關於何以界定善良，於我僅係形式般複誦著，一再掩過前人的話語。

「原來不是我，原來那個人不是我」母親回聲低訴著。覆述語句陷於早已空洞的眼瞳，是一條無盡延伸的隧道，底處收攏著被安置的不安。音頻反彈與後續出口的話語共生著，前音與後交疊，波峰與谷相往拉扯著。原來、原來。過多抹除不了的事後知曉，誰也被折磨著終以懊悔為食，而我僅能消磨至無聲，內聚未得濾除雜質的介質，受阻卻仍得傳遞著，如痛苦；棄與被棄和尚未見得的無知。

離去的第二日，她著手撿拾與你有關的物件，雜亂或已摔碎的散落屋內，家中白熾燈不再點亮，至妳死前。我端詳起那些不曾注意過的，相框茶杯餐具複製畫和早已滿佈毛球的衣物，已是被遺棄的，我也是。

其實，我不曾見你對她顯露過愛或歉疚不奈和情許使然下的，生而為人理應習得的表述。「你呢，你究竟擁有什麼？」隨處充斥的雜物或因你夜未歸家而不敢入睡的母親。逐一塗去的日子裏，我練習著丟棄，如同你所做的。

「你唯一愛的只有你的鞋」

扳開厚重門板，曾在某個我獨身於家的午後躡足試圖接近著，儘管現下已空無一人，深怕開門聲傳來的我興奮或驚恐地窺探著。指尖滑過粗糙留有紋理的表層，略有灰塵髒汙的表面以身體記憶著，輕敲木板堅實而沉深的聲響沉甸無聲，如你歸家時的厚重無盡灰色。鞋櫃安妥放置著九雙鞋，皮鞋帆布鞋拖鞋，現全已破損不堪，不曾再被穿上，而你卻未曾考慮丟棄，早已無用的，自我出生便沉默於家中角落的垃圾。然而今日看來，早以無所可用的卻或許是我和這個家，抵因無法被丟棄，模擬為擺放角落再不相見的雜物，從不以存活為一種狀態，即是今於家中我的擺放。

156

趁無人時扳開鞋櫃，成了毋以抗拒的習慣。

我曾試圖接近，迂迴或直闖，你總閃避著。只有它們沉默不受侵擾處於身側任憑觸碰，技藝隨指腹掠過而回應的觸感，布料粗糙脫線和髒汙已成分生。一再映顯你的形狀。我試圖記下你每日歸家的步伐，因穿踏不同而至的相異聲響，上樓急促繁密時而踱步或沉甸踩踏著，抵能依憑遂散的跡象去理解你，我的爸爸。

至今我仍慣習記錄著，身旁聲響頻率踩踏，如你返家時總踏上兩格階梯，後收的腳踏出聲響，依此辨認著每日歸家的時刻，或早或晚，試想時刻偏移的每日被何事耽擱，還剩餘多少時間。置於門外的鞋櫃，如同幼時家中所擺放的，時日刷淡記憶的紅色予以另一種散去而失落的光澤，至入門後貓步般細碎無聲。你們穿著相異鞋種，離去歸來的頻率和他相同，迴圈般運行軌跡始終對向核心，緩慢仔細擺放著生活的種種細節，反摺衣袖平整燙痕不過長的頭髮都令我想起他。

「你現在在這裡幹嘛？。」

那聲大吼在難眠的時刻仍會傳來，當時音頻震動彼此沾附字句相繫成塊，我僵直著，「那是我爸爸，另一個人是誰，為什麼在這裡？」呼吸成為唯一殘餘的本能。我試圖回想起那個人是誰，身影的輪廓或氣味有著何種熟習，是否曾顯像於某個被忽略的時刻，空白裝入已無刻痕的蛹將我包裹，思緒抽空而失語。

「爸爸，我因為身體不舒服所以先回家，跟媽媽說過了，晚上她會帶我去看醫生，我先回房間了」。僅剩的力氣擠出字句，試圖想像未有任何事發生，畫面停滯於此時間和聲響交疊，空間稀釋另一種面貌，陌生至自我質疑是否曾在此生活。恢復意識後我走至鞋櫃前，顫動著提起右手撫過絳紅色表面，粗糙觸感堅硬質地和色澤依舊，我低身與鞋櫃等高吸攫著，木板和鞋子氣味混雜無法被安置刺激傳來，慣習感受使我確認這仍舊是我的家，父親在他和母親的床上那個人是誰，那個人是誰，那個人是誰。企圖找尋關於一切合理的解釋，兀自言語著，無論如何荒謬不可置信，於此刻均被建立隨後推翻，往復至我已無力提起並自我反駁。

「是一個陌生人」

離去的第三日，母親反覆起過往每日的生活，餐桌多餘擺設的碗筷祭弔般安放著，而我已不忍動搖當中遺存的平衡，那個男人的離開和母親的失落相連，共生為自那天起的每個明日。已然陷下的日子裏靜默收拾著，她著手丟棄我自始不願觸摸的鞋櫃，每雙被刻意留存的舊鞋，亦逐步瓦解曾直植於時間的家。

你我仍舊彼此陌生，即便已能輕易辨認返家的腳步，仍舊圈養於己身方框，生活劃約出移動的軌跡。我擁有一份無聲的工作，看管整倉雜物不需和人發生多餘的互動，那些不具呼吸無法移動的物件使我安心，已近無光的建築收攏著與人所生的恐懼和不安，如彼時立身櫃前所感受的安然，建築如盒覆上，陰濕牆面混雜灰塵懸浮於空中。適時我將自身逐步限縮，和一雙雙被安放於鞋櫃的舊鞋相疊，步入盒中從裏向外觸摸，與幼時自外貼上的手掌相疊，隔著門板如我當時歸家，焦急無緒走至鞋櫃前所得的安適。

「還能像以前一樣嗎？」望向鞋櫃走回房內，事實為何早已昭然若揭，僅我停於當時兀自欺瞞著。

陌生人吸允著父親的腳趾，被鞋襪包裹最為裏層的皮表，他緊閉雙眼唇齒輕微咬囓著，脫去表皮後讓那個男人觸碰著我亦不得探及的所在，彼此臣服著，他逗弄著父親的身體，手指於上身遊移著，每次停頓觸摸輕掠而過，喘息強忍就將脫出的聲響低吟著。

「其實我早就在那了，只是你還是看不見我」。

車駛過身側。在歸家途中我們早應相見，你卻未曾試圖停留張望，緩步前行眼前僅見越漸遠去的車影，當時日照正從上方直射陰影無以躲藏，而他正於路旁等待，上車後直駛至家，我仍舊按著平日的步伐前行著，一如你每日返家頻率步伐踩踏印刻於記憶的模樣。直至抵家，途中僅依憑漸趨歪斜的身影指向前端，途中反覆推敲事件可能發生的方式，如何急迫致使行道途中卻未看見我正步行著，刻意或否的忽略對於我。

「爸不會再回來，別再做這些事了」當時仍留存憐憫和不捨，懊悔反噬妳身為人的部分，我曾試圖勸藉著，被視以無聲的話語僅堆疊為新的居所，過往將自身逐次摺疊相對，細小如丟棄雜物揚起的落塵，隨呼吸進入鼻腔胸腔漸成身軀，彼此僅存的相依互信一再磨損，我不再理會你欲丟棄的雜物，任憑其散落亦不再撿拾，懊悔低喃成為前景，如每日鬧鈴聲響般厭倦不再產生作用。

「原來我也能夠丟棄些什麼」

「他還會回來的對吧？」妳早已空洞的眼眸渴求著回答，折返得以有效係因存在起點，狀似熟習實而陌生的你們，該依憑什麼使彼此往返？匆促離去而未帶走的衣物亦或任何得以被取代的物件？自他駛離身旁開始，時間早已緩慢刪去著，多得的每日僅係為消耗，量化著與離開間尚存的距離並精準剝去。

確認你離家後步出房門，悉如日常四周已無任何聲響，我緩慢伸出雙手輕撫著你的鞋櫃，此刻僅能聽見嘴邊反覆低語。

「那個男人已經離開了，
離開了嗎，
離開了吧。」

自小而來的無視持續積累餵養著我，入睡後你不曾理會傳來的哭鬧，聲響於房內無盡反射疊合，外頭如未曾被侵擾般緩步遞移著，牆面間隔出裏與外，彼與此，兩相隔絕的端點，一如它們被安妥擺放櫃內，安穩植存恪守著曾被你穿戴拓印過的所在；而我亦被擺放著。幼時即已獨睡於房內，略去每個複印後的夜晚，每聲晚安伴隨到無聲前來，當時就一再理解著道別的無可逆反和失落。

事件發生後時間凝結成塊。我一再回溯著那個男人當日所做，起伏身軀指腹輕撫按壓與舌尖滑過的痕跡彼此交疊，如同歸家時腳尖試圖踩踏著身影前傾，其至終居於尾端相疊，無法觸碰但仍彼此相繫，而你的面容於眼中已然交疊著兩人的影像，失卻起初的樣貌。

「你搶走我的爸爸，你毀了我的生活。」

那天，妳終於不再詢問著他的返家，離去背影共像於門前，略去無謂的道別兀自出走，漫遊者般收刮殘餘的城市，一格格屏幕上映顯妳離去的路徑，方格規劃的世界裏，誰也被擺設安置於某個無法意識的所在，長形街道彼此相連的路口，不論妳如何試圖逃離，僅係假性的選擇，如我總徒勞試圖喚起已陷昏睡的你們，靜默作為最終的償還，如妳最終選擇，永居於無聲。

無棲生活。

我不再給予具有生命的，任何特殊指稱，作為背棄者的我早已丟失生而為人的感受，如同信任坦承關懷言說，與人接觸僅變作機械化的表達，隱匿起事件發生前的時日，不曾存活般逐一回收著，我羅織起自身的家庭，如每個故事中擁有的父親和母親，擁有健全美滿且幸福快樂的家庭，而我在此種環境中成長，個性開朗而樂觀的活著。

「你們應該不知道吧，沒有你們之後，我過得很好」不再與人相交相識，不於同一處所定著過長的時日，不願被窺探生活的跡象，將自身鎖入同樣方形的房中，但已無人試圖觸摸或感受。

我將每雙鞋重新擺放，逐一拾起湊近鼻前深吸著，熟習氣味回溯於過往曾安定的日子，鞋內夾雜汗水布質和折舊的氣味無法洗除，依憑其拼湊著你曾踏至街道每次的停著移動，舌尖輕點來回滑過皮革，貪婪舔食著記憶的殘餘，我吸允著鞋帶上手層撫過的表面，一如當時你吞裹著父親的腳趾，不斷於嘴中收送，滿足和喜悅無以言說使我一再反覆想起，那副疊雜兩人面容口中發出的低吟和顫抖，纔突然理解當時父親所陷溺的感受。

自搬進的第一日起至今，我未曾停止凝視門外被安然擺設的鞋櫃，一切過於無害停滯於此，無須設防離開隨時到來，且無人得以發現，屋外腳步雜沓頻率正被聆聽，化約為細密而長的聯想，終得以安身於此，無盡遷徙後的根著，離開內核觸碰外緣的邊線，時歲緩慢而精準抽去的幼年。

我曾以愛為食，而今無棲，失卻至終僅能轉作為獲得，我已丟失如何被棄，因誰也不再曾將我擁有。

傅月庵：

他整篇小說、他的文字也不是我最喜歡的那種，我最喜歡的小說其實就是剛才那篇〈願望〉，很流暢不會很曖昧的。但是做為一個編輯，我不是那麼喜歡的東西我都會很小心地去分辨、很小心地去看。這一篇是講到一件事在他心裡面所起的掙扎、各式各樣的掙扎，他會談到他的家境，他強調他的媽媽，然後他的爸爸，再整個歸朔到鞋櫃、鞋的這件事。

我覺得他這個由大到小的轉也許不是我的菜，但他整個還算是很完整的。而且嚴格上來講，我並不那麼覺得這是一篇小說，從某個角度來講他是介乎小說跟散文之間，這也算是這個作者強的地方，或者宥勳會覺得他弱的地方，這就是大家對於小說的定義不同。

朱宥勳：

這篇作者如果在場的話，我要非常認真的跟你說，真的不要浪費你的才華，因為我覺得你除了文字以外每件事都不認真，你就是在文字上很認真而已。有兩個很明顯的指標，第一個，你所有的對白都是小標題，基本這樣的設定根本毫無意義，因為我不知道這邊的這些話在對誰說。對白最難的地方就是，上面有一層明確台詞，下面有一層潛台詞，潛台詞、角色、讀者間形成一個很恐怖的三角形，這樣做出來之後對白就會非常厲害，海明威、張愛玲都是這樣的高手。那你在這邊這些對白基本上就是，你想要讓他用人聲重現的一句話，他跟其他的行為是沒有任何差異的，這個是我覺得有點浪費的處理方式。

第二個就是我剛剛講的、開頭也有講，你玩文字玩過頭的時候你會被文字玩，「妳是我見過最善良的人。」這句話這裡，這邊有妳跟你跟他。這邊他做了一個其實我不太明白為什麼的設定，就是他的父親跟他的母親，他用很模糊的人稱去帶，並不把明確的對象指清楚，所以每一段他在跟誰說話，你都要花非常大的力氣去把他標定出來。

那包括整個故事，基本上整個故事每個段落你都是用這種狀態去寫，你的寫法是這樣子的，可能有一個事件發生了、有一個動作發生了，你把所有動作轉換成抽象的詞，你全部都用轉品的方式去寫他，全部變成形容詞。你絕對不會說「我跟他道別」或是說「我跟你說對不起」，你會說就是「包含某種偏執」或「僅能脫口的字句，關於何以怎樣」你會講關於、講很多形容詞，但你就是不會講中間那句話。

你這樣會讓讀者很難確定，你到底中間有沒有那句話，你到底有沒有想過你中間要說什麼，其實我真的很懷疑你有沒有想過你中間要說什麼。你只要給我一個頭尾，中間我們可以自己腦補，中間你要幾個曲折有幾個曲折沒關係，但是一定要有頭有尾。如果我理解沒有錯的話，你應該只有頭，因為你一直用不同的段落告訴我媽媽之前是怎樣、爸爸之前是怎樣、曾經有個畫面是那樣，我最多能把他整理出來的就是每個角色的起始狀態，但是這些角色一步都沒有往前走。小說是一個時間線，他一定要往前走，只走一步也好，但你在這邊沒有往前走的時候，他就是一個在原地繞的東西。

舞鶴：

1. 「鞋」的意象和敘事語言寫得傑出。由鞋繫連動作、聲音、時間、記憶和創傷。敘事語言獨特幾乎成為一種作者個人的風格。
2. 這是一篇必要細細品味小說的形式本身，而非常例的很快被內容所填塞。

卸妝

中文四　陳詠雯

壁虎叫醒了她。

離家不知道第幾天，春華醒在陌生的廉價旅館。房裡的燈沒有關過，她臉上仍有哭花的妝，她用紅腫的眼睛掃視天花板角落斑斑的漬痕以及粉落的壁癌，最後目光停留在日光燈旁那隻慢慢爬過的壁虎，想起了丈夫。

因為她的老家住得遠，在婚禮之前，春華一家提前幾日入住了這個多雨的城市，也是像這樣的廉價旅館，只是在她印象之中，當時的旅館非常明燦，粉白無瑕疵的天花板、復古風的壁紙、生意盎然的觀葉盆栽，眼底的一切都幫著她一同編織的對於未來生活的想像，就算必須與父母親共擠一張對三個人來講過於狹小的雙人床，還有母親無盡的叨絮及嫌棄，她仍止不住自己的快樂。那時她總是早早醒來，望著每早穿透落地窗與窗簾的光，哼著自己編的小調，沉浸在婚禮甜蜜的忙碌裡。

他們倆是自由戀愛結的婚，相對於父親的沉默，母親毫不掩飾自己的反對。時常打電話給當時還在美髮店工作的她，說著叫她抽空回南部的老家，鄰居阿姨們介紹了多好多好的對象，家裡有多少房多少地，而對方男子又是多麼的乖巧憨直，看起來就是會疼老婆的樣子，但那些話總是從她的左耳進去，右耳出來，母親講話的同時，她猜想著男人等一下將帶她去哪，是不是又會寵溺的親一親她的小臉，並一再誇讚她一直很自豪的容顏。掛了電話後，她便頂著打理了一下午的精緻妝容，出門約會。

當時他們還年輕，沉溺在兩個人的世界裡，愛的甜蜜也激烈，才會在認識短短半年之後就決定結婚。為了她，丈夫除了自己公司的工作之外，額外兼了兩份差，只為了符合母親開出來的條件，風光的娶她回家。看著自己的男人這般殷切努力著，她發揮著遺傳自母親的節儉性格，除了固定寄回家的薪水外，她拼命攢下生活費、省吃儉用，並精打細算兩人的大小花費，只為了幫男人早日存夠錢，然後一起共築家庭。為了這個遠大的夢想吃點苦，她並不在意，甚至樂在其中。大概就是因為這個緣故，讓她後來無論怎麼樣都捨不的離開這個男人，儘管親朋好友都勸她早日放手，但她總想著丈夫會有回心轉意的一天，只因為他們是共過患難的夫妻。

※

剛結婚那幾年，兩個人的生活勉強過得去，丈夫讓她辭掉了美容院的工作，專心在家當一個全職的主婦，每日洗衣煮飯，然後等待丈夫回家。儘管家中財務有過幾度吃緊，但他們畢竟是苦過來的，再加上新婚的甜蜜消退的極慢，小倆口倒也還安於這樣的日子。雖然過年過節時回到老家，總免不了受到母親的奚落，這也是他們夫妻倆在那幾年唯一會有比較多口角的時候。春華明白母親厭惡自己選擇的歸宿，她也清楚丈夫從未喜歡過自己的母親。

後來丈夫的事業逐漸步入軌道，他多年的努力終於被主管看見而升了職，當了一個辦公室的小主管，家裡的財務狀況也才慢慢明朗。那幾年間，她曾向丈夫多次提及自己再次外出工作的意願，但丈夫總是溫柔地回應她：「錢的事情妳別操心，安心的待在家裡當我的謝太太，我娶妳回來就是要捧在手掌心呵護的，當然不會讓妳再出去外面受苦。」每次聽丈夫這麼對她說，她總激動的紅了眼眶，認定自己這輩子沒嫁錯人。

一直到現在，她也從不覺得自己嫁錯了人。

關於後來婚姻生活裡必然的摩擦，她也覺得這是上天對他們的考驗，只要夫妻攜手同心，一定可以度過難關，就像他們一起走過婚姻初期的困苦，未來的考驗也一定不算什麼，因為她已經認定了丈夫是要走一輩子的人，所以無論如何都不會輕易放手。

在丈夫升職以後，她也逐漸忘卻了外出工作這件事情，更盡心的在家裡頭照料一切，像是一株被養在家裡頭的觀葉植物。她也不像以前那樣注意自己的容貌，更省下化妝品與保養品的錢，替兩人的未來存下更多的打算。幾年下來，日子安和靜好，唯一讓她苦惱的，是結婚這麼久以來，自己的肚皮一直沒有動靜，儘管丈夫對此不以為意，但她多麼想要生養一個孩子，讓自己的生活多一點忙碌。於是，顧不得丈夫工作上的辛勞，在這點上頭，她失去了以往的體貼，只因為她覺得在這件事情上，她有絕對任性的權利。

春華毫不理會丈夫的推託，她告訴丈夫：「如果再不生個孩子，我的身體已經逐漸老了，書上說高齡產下的胎兒，容易有先天的疾病。」所以她理直氣壯的索要，絲毫不顧慮丈夫工作上的疲勞，還有他越發蒼白的臉色，但儘管如此，春華的肚皮仍然無聲無息，走投無路的她，對母親吐露自己的難處，卻換來了母親的譏笑，也替丈夫招來了更不堪入耳的數落。

那年過年回去老家，已婚的兄弟姐妹們懷裡幾乎都奶著孩子，有些甚至已經會走跳會講話了，一口一聲阿姨或姨丈的叫著，奶聲奶氣招人疼愛，春華對孩子們又是抱又是親的，眼底的渴望與羨慕越加濃厚。儘管妹妹們羨慕她與丈夫仍然過著小倆口的甜蜜生活，不必圍繞著孩子打轉，怎麼樣都睡不飽，但這樣的話聽在春華耳裡，並不是那麼的舒服。

這一切全被母親收進了眼底，在返家前，母親將她獨自拉入房間，一改往日的尖酸刻薄，突然輕聲細語溫柔了起來。春華以為母親想要傳授她什麼生子的秘訣，但房裡頭發生的事情，讓她大為光火，甚至在母親過世之前，她都不願再回南部的老家，也不再開口叫過一聲媽。

「阿春，隔壁的阿雪姨介紹我一個不錯的少年仔。」

「媽，妳這是啥意思？」

「毋什麼意思，妳不是欲要一個小孩嗎？」

「這跟小孩什麼關係？」

「彼个少年仔有兩個小孩，今仔死某。阿彬既然袂使，你就緊看破。」

「什麼看破？」

「彼个少年仔有厝有地，妳過門也是作現成阿母，免家己生，省痛。」

「這種代誌，我絕對袂答應。」

「毋通毋知好歹，人是看會起咱家。」

「我毋管看會起、看袂起，橫直我絕對袂答應。」

那之後，春華氣沖沖地隨著丈夫北上，儘管丈夫察覺了她的怒氣，卻也不過問什麼，只因為與春華娘家或親戚有關的事情，只會替他無端招惹一身的風波或奚落，與她結婚這些年，他已經學會了忽視這一個部分，每次陪著妻子回南部娘家，他安安靜靜的陪伴在妻子旁邊，禮貌性地跟長輩們打招呼，但他從不主動攀談，一來是因為他的台語講得不太輪轉，二來是因為他自己的父母過世得早，家裡頭又沒有太多長輩，面對春華一大家族的人多口雜，他從來就無法好好應對。妻子也總叫他閉嘴，免得落人口舌。

北返後，春華挾帶著母親對他們的羞辱，更加無止盡的向丈夫索要，為了一個孩子，一個能替她爭口氣的孩子。

※

後來，因為公司生意的蒸蒸日上，致使春華丈夫有了更多的外務與差事，儘管家裡變得寬裕，但多年來得不到孩子的春華，卻越來越不快樂，儘管未曾有過生養，但她的身材隨著年歲必然的走樣，亦因為她習慣了繭居的日子，因而不再保養與化妝。

但丈夫看起來卻是那麼的得意，儘管漸趨中年，但事業上的得意讓他顯得意氣風發。春華對丈夫的事業從來就漠不關心，她也不曾替丈夫招待過任何下屬或上司，丈夫也從來不對她提及工作上的事情，幾年下來，她覺得自己與丈夫之間的距離越發遙遠，在每個夜深時分，她睜眼瞪著家裡已經略顯老舊的天花板，猜不透背對著她熟睡的丈夫心中究竟在想些什麼。

對此，她背著丈夫作了一個決定。

多年不曾外出工作的她，給自己找了一份差事，上工的第一天，她打理丈夫外出工作後，端坐在梳妝台前面，仔仔細細的畫了一個精緻的妝容，看著鏡子裡頭的自己，她自豪著學美容美髮出生的自己仍寶刀未老，雖然容貌與年輕時已有些許的落差，但她覺得這樣的落差可以靠著化妝補救，這個妝可是當時她與丈夫約會時常化的妝，曾被當時的丈夫誇讚過多次，想到過去，她便在心底暗自竊喜著，丈夫若看到她這個樣子，絕對會再一次愛上她。

可是丈夫的反應，卻與她的期待南轅北轍，也讓她因為年輕小姐們口口聲聲叫著「阿姨」，並因為一句不經意的詢問：「阿姨，妳畫這麼濃的妝，不會影響工作嗎？」而不滿的情緒沸騰到了最高點。丈夫在茶水間看到她時的驚懼，後來轉換成責備的眼神，以及拉著她到旁邊，怕丟臉的那種訊問口氣，讓她滿腔的怒火炸裂了開來。

「什麼叫做我怎麼在這裡？」

「妳可不可以冷靜一點？不要丟人現眼。」

「我很丟人嗎？我讓你很丟臉嗎？」

「妳回家好不好？為什麼這種事情不先跟我商量過？」

「我自己想出來工作貼補一些家用，難道這樣的事情還要商量過？」

「總之妳先別鬧了，回家好不好？我們回家再講。我下午要出去跟客戶談生意，但我保證今天會早點回去，妳先回家等我。」

「可是……」

話才講到一半，就有辦公室裡的小姐聞聲想要進入茶水間，一看見春華的丈夫便問：「謝課長，發生什麼事情了嗎？」春華的丈夫立即掛上一個粉飾般的微笑，直說沒事，只是在交代新來的打掃阿姨該注意的事項。

後來丈夫出了茶水間，過了一會兒又提著公事包回來，說他要出去見客戶了，並催促著春華趕快回家。春華悻悻然地瞪了丈夫一眼，還沒來的及回話，丈夫便風也似的離開了。儘管受了這麼大的委屈，但她仍堅持做完今天的工作，繼續分類茶水間裡的垃圾。

丈夫辦公室的職員進出了茶水間幾次，後來進來了兩個女子，跟春華問了一聲阿姨好之後，似乎無視春華的存在般開始閒聊。

「欸，聽說課長又出去談生意了。」

「不是吧！每個下午都出去，哪那麼多生意好談？會不會偷偷出去跟年輕妹妹約會啊？」

「怎麼可能啊！我聽 Berry 說，課長跟他老婆感情可好了，每次出去應酬，都會帶上他老婆。欸，課長可是新好男人。」

「應酬還帶老婆，真的假的？」

「Berry 說他見過好幾次啊！他說課長的老婆超漂亮的。」

「好啦好啦，下午要開會，我們還要準備投影機跟影印，再慢會被陳姐罵死。」

看著兩個女孩嘻嘻鬧鬧走出茶水間，春華疑惑著她剛剛聽到的對話內容。她放下手裡的收到一半的垃圾，連手套與身上的圍裙都還沒脫，逕自的從大門走出了丈夫的公司。一路上許多人帶著異樣的眼光看她，不知是看著她一身怪異的打扮，還是哭花糊成一團的妝容，但無論如何，她都已經不在乎了。

那晚，他們有了結婚以來最嚴重的爭吵，甚至脾氣一向溫婉的丈夫，都脫口對她怒吼、說了重話。她看見男人因為憤怒而脹紅臉的怒罵，他那些尖刻的話語讓她的眼淚奪眶而出，他數落著她娘家的不是，並嫌棄她越發醜陋的容顏、走樣的身材，甚至罵起她的小氣及刻薄的個性與她的母親一模一樣。

對於這些來自她最愛的丈夫的指責，春華大聲的哭叫，她甚至奮不顧身衝上去撲打丈夫，反駁那些她與她的母親是如何相像的不堪指控。最後丈夫失手打了她一巴掌，她只記得那火辣辣的一巴掌，回過神來的時候，她不記得自己是何時奪門而出，也不知道自己是怎麼到了這家廉價的旅館。

後來的幾天，她仍舊到丈夫的公司去工作，行尸走肉一般面無表情，並為了掩飾自己臉上紅腫的掌印而不得不撲上更厚的粉，畫更濃的妝。結束工作後就一個人吃飯，然後一個人回旅館。在這期間，春華不斷說服自己冷靜，並不停地給自己心理建設，說丈夫只是一時氣頭上才對她說了重話，他們是要走一起一輩子的人，曾經度過那麼多困境，這樣一點小事沒有什麼，只要她好好回去跟丈夫溝通，很快就可以重歸舊好的。一定是這樣的，沒錯，絕對是這樣。

※

春華的視線跟著壁虎到了窗邊，窗外的天已經朦朦的亮了，那隻壁虎鑽進窗簾裡面，隱藏了自己的身影。春華拉回了自己的思緒，起身呆坐在床沿，她想起這幾天在茶水間聽到的，有關於丈夫的談論。她猜想，可能丈夫也在等她回家吧，他們一定可以從新開始的。

想到這裡，春華坐到梳妝抬前，打開了她前兩天買來的化妝棉以及卸妝水，仔細的卸去自己臉上哭花的妝，直到每片化妝棉都蘸飽了原先春華臉上的色彩，幾團五顏六色的棉團散落在梳妝台上，春華起身進浴室扭開水龍頭，用清水打溼了臉，並在手上把洗面乳搓成泡泡抹在臉上，輕輕的按摩著自己略顯粗糙的皮膚，接著用溫水將臉上的泡泡沖掉。她細細的審視自己的臉，前幾天丈夫留在上面的掌印已經消退無痕了，她想著自己與丈夫的爭吵，應該也會跟這個掌印一樣，很容易就會痊癒。

洗好了臉，她又坐回梳妝台前，輕拍了化妝水在自己臉上。這也是她前幾日去櫃上買來的保養品，櫃姐告訴她，這組保養品最適合她，無論是四十歲還是六十歲，都可以回到二十幾歲的膚齡，讓人重拾青春的光彩。聽到這裡，春華毫不猶豫地買了，因為她自恃自己有著美人胚的底子，現在開始保養也還不算太遲，只要自己回復到青春時丈夫喜歡的樣子，一定會讓他回心轉意的。

結束了一連串複雜的保養程序，她換上了一襲白底的碎花洋裝，收拾好自己在旅館房間裡的所有東西，準備回家面對多天未見的丈夫。

一打開家門，她便聞到了東西壞掉的腥臭味，這讓她不禁猜想，自己不在的這幾天，丈夫一定連自己都照顧不好，況且他也不知道大樓垃圾清運的時間，一定沒有清理掉沒吃完的東西，所以八成是食物腐爛的臭味。畢竟從年輕的時候開始，他的大小生活都由她負責打理，想必這些天來，丈夫對於沒有她的生活絕對感到不便。想到這裡，春華在心裡笑了，因為丈夫根本離不開她，對此，她在心裡頭偷偷原諒了丈夫前幾天的作為。

他們還是夫妻，要一起生活一輩子的。

她將要告訴丈夫，她會辭去打掃的工作，好好的在家裡作他的妻子，讓他繼續捧在手掌心呵護，她不會再不修邊幅，從今天起會好好保養，一定能成為一個他帶得出門的妻子，給他無盡的光榮與面子。春華想，這幾天的事情，在老了之後，還可以被他們拿出來說說嘴，笑一笑，並且慶幸他們又一起度過了一個難關，只因為他們選擇的對方一起過一生，就一定要笑著走到最後。

想到這裡，春華勾起了嘴角，心底有著掩蓋不住的喜悅。她回房放好了東西，收拾了垃圾以及散落在家中的衣物，並將幾天未洗的髒衣服丟進洗衣機，倒入了洗衣精，讓機器開始運轉。之後拐身進了廚房，打開冰箱，她笑燦了臉，甜甜地說了一聲：

「我回來了。」

傅月庵：

這是能夠講出夫妻之間情感的轉貸，或是由愛情變成恩情，男跟女之間心情的轉換，然後到了最後女主角她突然之間看開，又回去了。

當然有一些牽強，就歷盡滄桑的我、五十幾歲的中年男子來看的話，覺得未必是這個樣子，是有點牽強。可是相對來講，我覺得他控制得還不錯，而且最重要的是，我跟宥勳不一樣，我們兩個真的是有差的，我覺得他的文字很好，這一篇是所有裡面，我覺得文字是很精準的，他沒有什麼多餘的廢話，而且他講得話、整個敘事都很準，只不過就是故事的技巧，到最後的結尾時比較牽強一點。

但是中間有一些人情的幽微之處他都掌控的很好，整個不會超出他的能力之外，那他也沒有特別再去講究什麼技巧，就只是把一個故事「講」，而且講得很不錯、講完了，我比較喜歡這樣子平淡的小說，所以這個純粹就是主觀的看法。

朱宥勳：

我補充一個東西，我不知道我的意見有沒有錯，他最後應該是把他丈夫殺掉放在冰箱裡。我抓了幾個點，在辦公室那次的爭執結束之後回去，他們大吵了一次，我為什麼會這樣覺得呢？第一個疑點是，他們大吵完之後，我們的太太就搬出去旅館住，這件事情有點奇怪，他說：「對於這些來自她最愛的丈夫的指責，春華大聲的哭叫，然後她撲打丈夫。」這是我們最後一次看到丈夫，就是你在運鏡裡最後一次看到丈夫，然後丈夫反駁她，最後打了她一巴掌，她只記得那火辣辣的一巴掌，回過神來的時候，她不記得自己是何時奪門而出的，作者這邊先開一個洞，中間發生什麼事先不告訴你。

那哪裡才開始確定的呢？她終於決定從旅館回家了，而且她中間做了一個非常有隱式性的象徵行為，就是「我要回家了，我重新畫上我的大濃妝。」她都一直強調妝這件事，這個我覺得是很專業的手法。她說：「一打開家門，她便聞到了東西壞掉的腥臭味。」第一個，臭味出現了，她直接給你的解釋是「丈夫連自己都照顧不好。」這都是合理的解釋對不對。

再往下之後開始打掃，打掃完然後一路想，她並沒有一個等待丈夫回家的動作，她全部迴避這件事情，接下來她也沒有丈夫回來要怎樣，丈夫也顯然不在家的樣子，「想到這裡勾起嘴角、回房放洗衣機」她全部東西都做完，到最後一件事她才進廚房，打開冰箱笑燦了眼，甜甜的說一聲「我回來了。」各位，你在跟冰箱的什麼東西說我回來了，你沒事打開冰箱說我回來了幹嘛？

傅月庵：

那恭喜這邊又多了一個很厲害很厲害的高手了，因為我真的沒有讀出來說她是把他丈夫殺了。那你連我這個這麼多年的編輯你都可以瞞過去了，那會發生兩件事情，第一個就是說，你真的很厲害；

第二個是說，如果連我都瞞過去的話，別人怎麼辨，讀者讀得出來嗎？你會不會太隱了？

那其實你只要加三個字，你只要說：「親愛的，我回來了。」通通都知道，你只要加三個字。

如果冰箱裡面的就是他老公的頭，那我剛才講過他的結尾比較不夠強，那就錯了。這篇小說他整個翻轉，這是很典型的短篇小說的寫法，短篇小說的寫法常常就是在前面不停的鋪張、不停的去積蓄他的張力，然後到最後的時候就一轉。

朱宥勳：

他這邊基本運都運得很準，然後包括有一些資訊透漏的方式也透漏得很準。其實你用死亡這個結尾的時候會有一個很危險的事情，如果你沒有給我足夠的動機，我們其實沒有辦法理解為什麼他要殺人。那你前面的鋪陳安排的是水到渠成，所以還OK。如果可以的話我會希望作者去想一下，有沒有比死更慘的方式，因為死了就是死了，那有沒有比死更慘的方式，如何讓他懲罰丈夫。

舞鶴：

1. 中年婚姻的危機，做妻子的「誤解」，對變化及人性的無知。
2. 敘事平白，寫不深入。唯「上妝」、「卸妝」這個象徵運用得不錯。

污

中文三　盧娜慧

月光光，照地堂。

這是我第一次見到小女孩的地方，她蹲在房間一角，訥訥開口：「這地方有點古怪。」

「哪裡古怪？」我問，但她沒有回答我。初春的薔薇香氣從紗窗外絲絲淌入屋裡，門把轉動的聲音從走廊裡傳來，輕悄安靜，女孩倏然縮起肩膀，細看是在發抖。隔著幾道牆，隔壁小廟傳來夜半鐘響，「咚——咚咚——」，一聲接過一聲，混著經唄聲，隔三差五就在夜裡來這麼一陣。聽久了便在裏頭覺察出蕭瑟來，像老者垂首囁嚅往事，虛弱又不肯放棄。

真要說古怪，便是那鐘了。我夜裡巡過幾次，也沒發現鐘藏在哪裡，低響就從廟的深處傳出，讓人想到疲憊跳動的心臟。堂上的佛像沒有玻璃藏裝，卻也隔層黑垢似地看不清模樣。佛像捻咒的指斷了一截，底下蓮座缺去一瓣。見底的香爐躺著幾點黑，我沒細看是不是蟲，畢竟點香爐上蛛絲零落，早沒了蜘蛛的影子。

廟裡住著一位老男人，同這破廟一樣老舊不堪。就是他！是他在夜裡來回撞鐘，天未明便要出門，門一開，縫裡鑽出一隻黑底花貓來，雜亂的毛黏在乾扁的身體上，還露出幾塊粉色皮膚，見人便嘶啞地喊，昏暗中只見一雙貓眼綠螢螢地閃。

這時小女孩已經躺在床頭睡了，夢裡不安穩地抽咽。顯老的母親呆滯坐在床頭，虛放一旁的掌心向上，聽另個房間的男人鼾聲漸起。

小女孩在水泥地的院裡種許多薔薇，株株帶刺。每日清晨總有輛車停在家門前，藏青色的車身下點點濺開的泥污，遠遠看見駕駛座上下來一位中年男子，也不說話，開了車門抬出工具箱，多半是些剪子或布袋，偶爾是滿裝農藥的鐵桶，然後才是幾個一身厚重的花衣人下車。斗笠下的臉抬了起來，卻是黑皮膚。只露出上半臉，畏縮的眼睛無辜閃爍，一見人就快速別過。若是向她們道早，她們會摘下面罩，用不甚流利的口音回應。這時太陽才剛升起，不及她們的微笑亮麗。

小女孩跟著她們走，高出地面半尺的小路方整地圈著薔薇。不能被一排排的薔薇花叢看迷了眼，否則腳下要滑。「青苔踩起來好軟。」小女孩竟笑了，我也跟著笑，「是嗎？」

這樣大片延綿到天際的玫瑰園，巷子深處多的是，再往巷底去，則是彩菊、五葉松一類，轉過十幾個彎也就是大路了，路口矗立一座嶄新乾淨的大廟，色彩鮮豔刺目。我所知道的也就到這裡，廟那頭我過不去。另一端巷口也通往大路，百尺外是一座更大的橋，座落在一座在形如眠牛的山前。到了秋天，溪底開滿芒花，蒼涼延綿至盡頭，不遠處卻還是嬌滴滴的薔薇開盛，也不知誰更可笑一點。

女孩在玫瑰園深處撈魚，金黃色的蛇從她腳下竄過，「小心！」我忙推了她一下，但她半點後怕也沒，笑拍心口說真險。一隻竹雞竄過叢下，後頭跟著幾隻雛雞，細細的流水聲從腳下的土地傳來，是灌田了。玫瑰園的主人會挪開水溝孔上的巨石，源源不絕的溝水湧進玫瑰田中，這時候便看不見那些印尼人。

小女孩的笑容在踩上柏油路時便不見，唇角平直僵硬。一陣吼叫聲自北方撕開，那是女孩家對面的人家，只見她同廟口那隻貓一下竄得沒影。這時候的她倒還好，就算墊起腳尖，也沒辦法看見對面高牆後的模樣，否則她會看見一大群痲雀停停飛飛，像電影院的觀眾在百尺長的院子排排坐好，看著屋內的好戲不喜不悲。

以前我會在巷子的柏油路上唱歌，傍晚的時候沒有人也沒有車。飛鷺飛得比水田裡的波紋慢，玫瑰園的姊姊也已經坐車回家。唱的歌是媽媽一本黑色冊子裡的手抄歌詞，但我不知道為什麼本子要壓在抽屜的最底層裡。哼著歌轉圈子的時間不長，遠遠望見菜園裡露出一點白衣或帽沿，我就要跑回屋裡。籠子似的屋子裡。那是爸爸要回來了。

傍晚時爸爸總要出去，媽媽說，爸爸去給大媽送飯。媽媽還說，大媽養了很多鳥，一屋子都是。「所以大媽看到我養的魚，才要笑我嗎？」媽媽拍拍我的頭，說：「她不在的時候，妳不需要叫她大媽或媽媽。」

清晨時爸爸也會出門，他不在時，我可以說很多很多的話，我說我要養會把鳥吃掉的貓，要種很多的玫瑰花，像家門後邊的玫瑰園，要……我轉頭去聽，從巷子的柏油路上傳來「喀啦喀啦喀啦」聲，那是隔壁廟口伯伯的車聲，很大一台，看起來像農夫用的車子，我也不知道叫什麼。媽媽說，他要去賣燒仙草，但我一次也沒有在街上看過他賣燒仙草。

媽媽，以後我們離開這裡好不好？

我踩著矮凳，趴在洗衣機上問她，但她低頭挑菜不說話。這時候我就知道我要乖，因為爸爸媽媽又吵架了。只要我乖，他們就不會倏然打開那道門，對著走廊的我問要選擇爸爸或媽媽，對不對？

老了。早上出門時，門外那一攤黑糊糊的汙漬，也不知道是什麼，差點以為是把燒仙草倒在地上了。

斜對面那家又傳來叫罵聲，坐在曳引車上出門時遠遠地看了一眼，高牆和房子隔了快百來尺，老人的吼叫聲遠遠傳來。白天回家時也見到了，一個年紀比自己還要大的老人拄著拐杖，恨恨地敲著桌沿，罵些什麼，聽不清啦。「耶，旁邊站著的查某，怎樣攏不出聲？」

「唉，吃到這個歲數了，有什麼好吵，家和萬事興，恁攏比我好太多。」伸頸看了一陣，反被旁邊鐵皮屋鑽出的小孩子嚇一跳。走起路來半點聲音也無，就看她歪腰舀水溝裡的水，灰灰黃黃的水溢出澆水壺外，嘩一下倒入旁邊的盆栽。

「妳種那是啥？」我問她。

小孩子好像很怕生，看著我不說話。

「妳種那個啊！是啥？」

稍微大聲了點，小孩子似乎就嚇得沒聲，唉，算了算了。

重新發動車身時，反而聽到她說：「伯伯，貓呢？」

「啥？」

「我說，貓，伯伯不是有養貓嗎？貓呢？」

「喔！貓喔，不知道。」

這小孩的媽媽是越南人，到台灣的越南人，都跟斜對面那家人的女人差不多下場，何況又是討來的小老婆，大老婆還在咧。才要問小孩子要不要吃燒仙草，一下子就沒影了，伊阿爸倒是從菜園回來了。

那是在一個清晨的早上，女孩的父親出門之後，活物死物都追逐著過五的時針甦醒。廚房裡傳來轉開瓦斯爐的輕響，客廳已經拉開一半的鐵門被完全拉起，鏗鏘有力的金屬摩擦聲和女孩父親出門時細心地、不厭其煩放輕手勁捲起鐵門的咿呀不同。

那個小女孩就拖著腳步接過母親燒開的開水，走到供桌前。你見過那種紅艷艷又畫著金燦紋路的小杯子沒有？一條龍對著一條鳳，妖艷的身體爬滿杯身，中間橫一個福字，兀自在冷寂的早上熱鬧著。女孩毫不猶豫把供臺上三只小杯的水倒入透明塑膠杯裡，是外面飲料店賣的那種珍珠奶茶杯。再墊起腳尖，雙手拽著飽足的水壺，倒滿一杯子熱水。透明的水滾進杯裡，也全是紅的顏色，近看了，像濃郁的血。

從這一杯滾過那一杯，也就像血從這人流向那人，不及供桌高的孩子不知腳痠了沒有，將那杯熱水遞過三杯之後，咻一聲又甩進旁邊突兀的塑膠杯裡。這才要把三盞供杯放上去供臺，更加吃力地給三口杯子酌滿熱水，然而小女孩鬆了口氣之後又細心伸出手指轉動臺上的杯，總要將杯上粗糙印上的龍啊、鳳啊和福字都轉向桌外，執著地想展開那幅杯上的畫。接著打開供桌下的抽屜，抽出一支香，染紅的大拇指扣著總是打不著火的打火機，終於著了的時候，那點小火光在香頭上青嫩地燃著，她呼一下地吹熄，瞬息煙散，也就瞬息蒼涼。指上的紅印還沒褪去，杯上的印色早早掉了，供臺髒汙，多年後的少女站在供桌前，還是像過去一樣，表情麻木地插上三炷香，好似早晨的鮮活都只到吹熄香火那一刻，而她轉過頭去打開風扇時，也總要從窗外看菜園的方向一眼。

只是那時候，杯上向外的圖案，卻是龍尾、福字與鳳頭。那頭龍被別過去，不受待見。「咚——咚——」這時候鐘聲全然偏老，她走到門外去澆她的薔薇。汙濁的溝水穩穩地落在壺裡，澆向盆內的花叢，新綻的薔薇都是紅的，邊緣綴著一排密密的亮瑩水珠，好似刺傷別人前早被自己刺得淚流，那些刺棘嚐過人血，花開得好，迫不及待地轉向陽光，蒸騰出膚與血的鮮豔。聽說這款薔薇叫泡沫，橙色泡沫。破廟裡的老人路過時讚好，女孩回頭跟他打招呼，見他旁邊站著一個女人。女人也道早，氣定神閒，也不知怎地，女孩臉上倒露出一絲狼狽。好，好，好，大家都好。

那廟的老人走之後，女孩放下澆水壺說，「這地方不好，總是古怪。」我一聽，興致又來了，「那妳說，哪裡古怪呢？」她抿著嘴唇安靜一陣：「這地方不好，到這裡的人一個個都中邪似地壞，不是打人，就是吵罵，一個個都瘋了一樣地踩著別人。」

喔，原來她抽了身長，也就看見對面那戶人家的模樣了，這些年，那戶人家的老人不再像以前大吼大叫了。也不是沒有，粗嘎難聽的罵聲氣喘吁吁地爬到半途，便衰弱下去，怎麼有力氣再爬過高牆誇耀。但那棍子還是要打的，敲在女人的脊骨上，一下接過一下，像打著輪眼滿佈的劣質木桌。

「但是這種地方，水明明那麼髒，卻養出這麼好的花。」她說到這裡，只是茫然地看著自己種出的薔薇，比玫瑰園裡的香，也比那裡的花多色。她發呆的樣子跟她母親有幾許相似。掩住山腰的煙嵐緩緩上升著，升騰到天頂，緩緩溢散。

走進屋裡的女孩留了門縫，給貓的，不知道那頭黑貓幾年前就給廟裡的門夾死了，那時還懷著身孕哩。走過這門縫的只有她父親，遠遠瞧見廟口老人身旁站著一個女人，向著溝裡吐了口痰。

溝水大概也不介意再髒上這麼一點。

「原來伯伯有老婆，廟公可以娶老婆啊？」我給媽媽說起這事，她臉上卻露出一點鄙夷的意思。

「男人都是那樣的。」她說。「但是他不該把老婆帶進廟裡，畢竟他就住在裡面，對神明不敬。」這樣說的母親把洗好的水果放進提籃裡，每年七月十五，她都要這樣走去隔壁間的廟。到了晚上，還要捧一盆水到院子裡，說是拜月亮。

我沒見過這裡的人在十五抱著百合拜月娘，桌上放著大大小小的保養品，每年看都覺得好笑，冰涼的水在盆裡晃盪。許多年後回到越南，街頭抱著蓮花苞的姑娘喊賣花，恍惚明白母親每年買百合的理由。未開的百合最是好，這樣才香得久，開時總要落一桌的黃花粉，摘掉花藥卻又不那麼香了。

「那個伯伯講的話，我總是聽不懂。」我說。

媽媽手裡燃著香火，神色虔敬，「妳媽還好一點，很多來到這裡的越南人中文講不好，要挨打的，日子過得不好。」

媽也過得不好啊。我低頭去，沒敢說這句話。手裡被塞了三炷香，便也向著烏漆麻黑的天空掬起腰來。但我從不向神明許願，每一年每一次都不。

天空太高了，祂聽不見我們的祈求聲。台灣的天空比越南低許多，祂還是聽不到。我想祂一輩子也不會聽到，人們在夜裡哭泣、尖叫和求饒。黑夜安靜，連蟲也不叫。

唉，女人不好伺候。

「別翻了，嘸就是嘸啊。」我去掃她的手，她就叫罵著撲上來，以前年輕時那手怎麼捶在身上也不疼，現在老了倒好，討命似的。說日子過得不好，牛一樣大的力氣砸鍋摔碗。我沒力氣還手，推開她說：「別打了啦！哪有香油錢？過年和七月才有人來拜，平常妳也不是不知！」

她就尖叫起來了，問我平常賣的仙草都賣到哪裡去，說她跟著我這麼多年，從好好一個青春少女到現在跟著我吃盡苦頭。嗤，只有女人的青春才是青春啊。「我沒有問妳偷幾個客兄，妳著愛偷笑啊！還敢大小聲！」

「啥？你再說一次？你說我跟誰野？啊！你這個死老猴！」

天快亮的時候她就坐在床頭上，那床不大，在桌子上鋪幾層撿來的棉被，當床剛好。她在那，我也睡不了，女人那雙眼睛夠可怖，死死盯著我，好像我欠她幾世人的債。我才三十幾歲時她就那樣看著了，在夜裡無聲瞪我。

「看什麼看？」一說就不得了了，她又會抓狂地過來打我的胸口。

「你這個廢人，我怎麼會跟了你這種人！！怎麼會有你這種人！天公怎會這麼不公平！別人的尪都是……」

「別人安怎！我有像斜對面那個敗類，歸日打自己的某嘸？」

「你還敢說？你有像隔壁那個人，給某住，給某吃和穿？你甘有？還不是我自己賺！」

沒完沒了。但吵架總比她死盯著我看好，她那樣子，跟惡鬼沒有兩樣。人喔，比鬼還可怕。沒錢可以拿，她傍晚就回去了。鍋裡的燒仙草半冷不熱，黑糊糊地攪在一塊兒，前幾年還有人說我夾死了那頭貓，哪有可能。門上那攤黑麻麻的東西，怎麼看都不像貓，也沒有血，又硬，丟溝裡了。現在想想，忽然覺得鍋子裡就是那隻貓，「妳怎麼躲在這裡？不乖！要打！」我走去倉庫裡翻找竹竿，找半天都無，掃帚也可以啦。就是要打！像斜對面那戶人家的女人，要打才會乖。

匡一聲，鍋子掉落地。「還跑！看妳多會跑！」我忿忿地打著桌腳那頭貓，奇怪牠也沒躲閃，一灘爛泥似地躺在那裏，一陣冷意刺進脖頸，那頭貓就跟女人一樣死死盯著我。「閃！佮攏閃啦！這些查某！跟蟲一樣，只會吸查甫的血！攏給我閃開！！」

這樣一吼，倒忘記要敲鐘。早上出門時又看見了隔壁間那個女孩子，長是長高了，那張臉倒越來越像伊阿爸，好似伊阿爸變成了女人，倒來受苦。就看見她在薔薇花前一個人說話，過去也是這樣，她家就只有她一個女兒，怕生，所以就對那些動物啊植物講話。人跟她講話，她都不理。

傍晚回家的時後，天暗得特別快，風也大。大概是有颱風要來了，房間裡那臺收音機壞去，不能聽。小巷裡暗乎乎的，以前從來沒有覺得這條巷子這麼窄、又這麼長。旁邊種著香蕉、蔬菜，還有拆了又建、建了又廢棄的溫室，只有那片檳榔跟菜園長得好。路燈一閃一閃，半年了也沒人來修。坐在車上就想到小時候阿母講，『不讀冊，大了就去給人放牛。』這時代哪裡有牛給人放，找頭路比娶某還難。

眼前忽然閃過一團黑糊糊的東西，以為是蛇，又像貓或狗，長著四隻腳，有一條長長的尾巴。眼睛越來越不好了，看了半天，那條尾巴長得很奇怪，好像是人的頭髮。唉唷，不得了了，一陣寒意從腳底竄起，但來不及了，那東西抬起頭來，是一張女人的臉，濕淋淋的頭髮凌亂貼在上面，嘴唇血紅血紅的，下面卻是貓或狗的身體。她就死死盯著我看。

小女孩後來離開了這個地方，依稀記得那天早上她問她母親說，「媽，要不要跟我看一部電影？」

「什麼電影？」

「《戀戀三季》。」

「就是妳上個月說的那個喔？不要，哪有時間看。」

女孩笑了起來，繞著她母親打轉，「妳時間明明很多啊，不是老是在那裏看小說嗎？我們要不要……」

女孩的聲音嘎然而止，走廊上的門打開了。門把轉動的聲音十分靜悄，她面無表情地回到自己的房間。那個時候她還不知道她會在傍晚接到一通電話，雨水打在苦苓上，砸散她不耐煩的聲音，「要我馬上回去？可是我要上課，掛電話了。」

然後她會接到第二通電話，電話那頭傳來略微陌生的聲音，「妳緊回家，妳媽媽被妳爸爸打了。」

那時候她會坐上校車，陰鬱的臉因雨水劃過車窗而爬滿痕影，像濕淋淋的頭髮黏在臉上，又像淚痕。但她僅是執著地盯著手機螢幕，不久之後她會接到第三通電話，鈴聲如是唱起：

月光光，照地堂，蝦仔你乖乖訓落床。

後來，後來那間屋子搬進了另一個人，是女孩稱為大媽的人。那裡依舊天天吵鬧，吵得比過去任何時刻都還兇，走廊上的門也被摔壞。院裡的薔薇一開始還有她老父澆著，死了幾株，再後來男人知道妻女都不會再回來了，那些薔薇便全部作廢。堅硬的刺棘刺傷新來的老女人，她邊罵邊用鐮刀割去那些薔薇，我就蹲在屋簷上看她。

她說，不要臉的臭女人，勾引了我老公不夠，還要勾走錢嗎？這樣走了最好。薔薇刺棘勾住她褲腳，寸步難行，老女人用袖子擦臉，看不清是汗水或者別的。喀啦喀啦，巷口遠遠傳來曳引機的車聲，是廟口的老男人要回來了，一頭黑貓從草叢裡鑽出，幽綠的眼睛盯著女人骨碌碌轉。

「看啥看！！狐狸精的女兒養你作啥！晦氣！！」老女人揮著細細的鐮刀，眼看著就要勾上那貓身，這隻貓兇狠多了，朝著她嘶啞低吼，炸起一身茸毛。「連你都欲欺負我是不？我那會這呢命苦！」

賣著燒仙草的老人面無表情駛過，那些巨大的輪子不沾草也不沾泥，從沒人在街上見過賣燒仙草的老人。怒罵聲偶爾會伴隨摔鍋砸碗的巨響，隨著山腰的煙嵐緩緩上升，到了天頂便要飄散。回到廟口的老人忙喊，貓咪，貓咪！他現在也會跟貓說話了，人對於憎惡的事物彷彿都帶著捨不得放開手的眷戀，貓躲在枯黃萎下的草叢裡死死盯他。

修好的收音機吐出幾句歌詞，卻不是詹雅雯的《紅酒》或江蕙的《家後》，是一首越南曲，池水般波盪著輕柔的歌聲。我有一個新朋友，可以跟我說話的，從女孩家對面那戶來。她說她丈夫的枴杖斷了，我點點頭，她濕漉漉的頭髮滴著水，從池裡剛打撈上來似。她說，妳聽聽這歌，這歌是我家鄉的歌，妳聽得懂嗎？我給妳說意思，這歌是這樣唱的。

「女人的命運就像雨點，有些落在水溝裡，有些落在有錢人的池塘裡。有誰知道，田裡有幾根稻？河裡有幾個彎？天上的白雲有幾層？誰能掃光森林裡的落葉……」她有一把好聽的嗓音，我聞見她身上傳來淡淡的氣味，像是浮萍與某種花的香氣。我說，「那我教妳一首歌，是這戶人家的小孩教我的。」

「她教妳的？」

「對對，」我笑著說，「雖然她總是不跟我說話。」

「妳聽好啊，後半段最好聽，我唱這個給妳聽：

『故鄉香啊夢裡香，離家日久未還鄉。歌一聲，淚兩行，親人遠——故鄉香。夢中回，夜未央，月光光，照地堂——故鄉的花……』」

那些水爬在她的臉上，沿著尖尖的下巴滴瀝。

傅月庵：

這篇小說寫出來一個東西叫荒涼，結構不是很好，他的敘事也是跳躍式的，而且有點像是電影在運鏡，一下子照到這裡，一下子照到那裡。他是講一個外籍小女生的故事，整個文字淡淡的，但是能夠把某一種氛圍，人世之間悲涼跟愁苦，他透過幾個鏡頭的轉換，一面講然後一面推，講他跟廟裡面的某個師傅，然後再講到那個人，他就是走走走，就把他講出來了，這就是我喜歡的那種小說。

儘管他整個敘事的故事不是那麼好，不是那麼平穩，結構不是那麼扎實，可是我覺得他在邊講時鏡頭的推演，然後包括他文字，把氛圍整個都蓄積起來，儘管他最後不是那麼強。可是我覺得一個大學的文學獎裡面，你能夠寫到這個樣子已經很不錯了，當你有了一個這樣的基本功之後，要再繼續寫下去的話，你是可以有作為的，所以我就讓它進來了，而且分數也滿高的。

朱宥勳：

我最大的問題是第一個想知道故事線在哪裡，你的故事線，你往前走的那一步是什麼，我不是說你這一個一步都沒走，我知道你有往某些方向走，但說真的我看不太清楚，因為你的那一步跨出去的角度好像很遲疑，一下往右邊一下往左邊。最明顯的例子是我們這幾頁看下來，還是不知道敘事者他所要的東西是什麼，他到底想要什麼？而他比較好的是，我覺得他的文字還滿厲害的，推薦你去看李永平，尤其是他早期的《吉陵春秋》系列，或者也許你也很喜歡，那《吉陵春秋》就很像所謂的煉出一種青純的文體，所謂一種不存在但是很美的中國。

中間有一些串接，比如說他放了一隻貓在那邊串接，這個處理方式比較可惜的是，你已經有一個意象在反覆走了，如果你的故事情節沒有一個明確的東西，那至少在意象結構上要有一個明確的東西。如果你要做這樣的運鏡、這樣意象式的跳躍，比較常見的做法是，假設那隻貓很反覆出現，那能不能給讀者一個想像的連結，每次他出現都代表你要講某件事，我一直看到那件事，久了之後，就算我不知道故事，我也知道那件事是什麼。

當然也許你做的是一個嶄新的嘗試，所以我們看不出來你要做什麼，因為說真的我不太清楚你要做什麼，所以在這邊我會比較遲疑這件事。因為我沒有辦法確認你是不是真的有做些什麼，這可能是我的錯，但也可能是你在表達上跟讀者還沒有做好一個很好的接合、準備。

那最後一件事情，我覺得會造成這個有一個很大的原因，因為你的敘事觀點切太兇了，其實這是一個讓讀者不太舒服的一個設計，如果你沒有特殊的用意，那我建議最好是不要這樣做；那如果有，你可能要讓你的用意再清楚一點，對讀者才好一些。

舞鶴：

1. 幾乎沒有情節的敘事，敘述的重心便落在敘事的語調，淡出的意象，突兀的哲思，更要緊的是小說的氛圍。

2. 這大概是大眾小說新鴛鴦蝴蝶派後，純文學方面出現的新小說的寫法。

第一名：〈願望〉

教政四　黃騰葳

第二名：〈卸妝〉

中文四　陳詠雯

第三名：〈開門〉

中文四　蔡立碁

佳　作：〈污〉

中文三　盧娜慧

〈河石〉

中文四　彭　筠

〈鞋〉

中文四　曹育愷

提問者：

我們在投稿這些文學獎的時候，因為會經過初選，所以有些作品已經見不到了，那想問老師會不會認為那些作品中會有一些遺珠之憾。或是出版社在挑選作品的時候，這樣的篩選過程會不會影響到作品的類型。

傅月庵：

先講出版社，出版社當然會有遺珠之恨，不然哈利波特就不會走那麼多家了，哈利波特是敲過十幾二十家的門，大家通通覺得這個很爛，然後最後才被人家選中。就像宥勳剛才也有講，他說文學獎當你在選定評審的時候，就決定誰會得名了，因為評審都有他的品味、他喜歡什麼。那今天大家都可以看得很清楚，這兩個人的年紀差很大，我們是有代溝的，可是不能說我們兩個完全沒有辦法對話、完全沒有辦法溝通，你說真正我們兩個人有沒有交集，很快的可以看出來，我們還是有交集的。

可是這個交集是不是就是最好的作品？那一般來講，我去參加很多文學獎都會知道，好的作品，就決審來講，不會跑掉。但最好的那篇作品往往不是第一名，因為第一名到最後會變成是妥協之下的產物，很可能他這篇是非常有特色的，一個打五分、一個就完全不對我的胃口的打了三分；但有些東西的話，我們兩個都覺得中規中矩、都不錯的，就打了四分，那個四分的就出來了。因此評審只是一個算命師，他只是一個算命師，你千萬不要把他看得太重，認為他就可以定你的生死，不是這樣的。

朱宥勳：

我之前有寫過關於這個的文章，其實小文學獎還好，像三十選十那還好。我在這邊建議一下，如果萬一以後真的遇到這種慘況，我的建議是這樣，像現在我們選十一篇出來對不對，萬一以後某一屆總共只有十五篇出來，我的建議是，你們就對評審殘忍一點，不要初審了，全部給他吧，不然他反而還會擔心是不是初審把一些作品刪掉了，但如果三十到十一、還是四十到十一，那可能還是要刪一下，確實遺珠可能存在。

我之前有建議過，特別是在大型的文學獎，比如說你去那種聯合報，五百篇、三百篇那樣比的，那個是百分之百一定會有遺珠的，因為那個制度設計本身就是不可能沒有遺珠，他只能盡量讓好一點的東西出現。所以其實真的很難拿捏，尤其是各位以後投大報文學獎，最難的就是進決選，進了決選之後你就不要有得失心了，因為你就等於得獎了，那篇就算沒得獎，你投其他篇大概也會得獎，因為最難的就是進決選這關，進到決選之後事情反而簡單，特別有些作品埋比較深的，你進決選之後評審可以細細看，初審面對三百篇，說真的看多細都騙人的，一定是很快決定這篇文章的生死，有些東西很快就被刷出去這樣。

傅月庵：

我再補充一點，剛才有講到〈鞋〉，那個的話並不是我的菜，可是我就是覺得他的風格比較特殊，就讓它進來了。最主要的原因就是，我參加過很多的文學獎評審，那在評審的過程裡面常常會發生那樣的問題，就是說，我以我的口味就決定了，可是我確實可能會有盲點，所以會讓他進去。

就我所知道的，評審多半都會有這樣的共識，不會通通都是以自己的品味去決定最後的名次。但遺珠之恨當然都會有，人生若沒有遺珠之恨，那就不叫人生了，如果你是真的喜歡寫作的話，不要為了文學獎而寫作，那個都是一時的，如果是真心喜歡寫作的話，你要在自己的信心當中顯現。

散文

評審介紹

袁瓊瓊

專業作家及電視電影舞台劇編劇。最初以筆名「朱陵」寫現代詩，繼以散文和小說知名。已出版著作涵蓋小說，散文，隨筆及採訪等共計 22 種。「自己的天空」並入選「百年千書」。 有三十年以上編劇經驗，戲劇作品散見臺灣與中國大陸。曾入圍金馬獎最佳編劇提名。最新作品「五月一號」(周格泰導演）2015 年上映。

彭樹君

東吳大學中文系畢業，得過九次文學獎，23 歲開始出第一本書，至今共有包括小說、散文、採訪集等約三十種出版物。另外也以「朵朵」為筆名，出版暢銷書《朵朵小語》，自 2000 年迄今，已出版共 18 集。目前是自由時報〈花編副刊〉與〈閱讀樂讀〉主編。

鄭順聰

嘉義縣民雄鄉人，中山大學中文系，臺師大國文研究所畢業。曾任《重現臺灣史》主編，《聯合文學》執行主編，現專事寫作。著有詩集《時刻表》，家族書寫《家工廠》，野散文《海邊有夠熱情》，長篇小說《晃遊地》。

彭樹君老師：

很開心能來暨大評審水煙紗漣文學獎，並且看見許多令人驚喜的作品。我想許多參賽同學都在場，很希望聽聽評審老師們的意見，為了不讓同學們失望，如果時間許可，我們會盡量地每一篇稿子都講評。

鄭順聰老師：

我讀了這一次的作品後還滿驚訝的，因為水準滿齊的，各種風格都有，所以我還滿躊躇的不知道要選哪個風格。那聽說袁老師、朵朵在來的車上都沒有看外面的風景，因為她們都在看你們的作品，錯過了美景，而且她們好像有一些私下的約定和一些看法，所以我等一下我會做反對派，可能會跟他們有不一樣的看法，讓同學在激盪之中，會看到不一樣的觀點。

袁瓊瓊老師：

因為我跟彭樹君是一起被同學接來的，我們是在車上聊的時候，互問對方的第一名是誰，結果發現，我們的第一名一樣，再繼續問第二名，第二名也一樣，所以我們就不談下去了，再談下去我們不用開評審會了。在休息室裡聽到其他的老師聊天，好像這次文學獎的小說和詩，評審觀點都差異滿大的，而且男評審跟女評審也都有不同的看法，現在評審是兩女一男，我期望鄭順聰能夠用男性觀點，對於我們的女性觀點做一點平衡。

作品介紹

血脈
中文四　何沛恩

牽手
公行一　曾莉雅

話景
中文五　黃欣喬

無棲生活
中文四　曹育愷

十米拉鋸戰
中文四　吳俊廷

若妳聽見我用蝸角歌唱
中文四　陳詠雯

血脈

中文四　何沛恩

歲末，寒意耽遲，雖是十二月初旬，套上毛衣加件薄罩衫也就了事。細雨不間歇地下著，飄搖了整個小鎮一片迷濛。

唯恐行人不回家似地，這連續幾日以來的天候實在叫人鬱悶，每餐蒸著包子自個兒吃著，慵懶不堪如病貓嗜睡。一覺醒來的精神很快就被潮濕的空氣消蝕殆盡，從邊緣滲到內裡，從皮膚化到心尖，倦意爬了滿身，嚙咬著無魂的軀殼，恍惚間卻又躺回被窩。

然而窗外的雨時

停時歇，不穩定的節奏和睡意老對不上拍，就如同Mendelssohn-Rondo capriccioso E-dur（Op‧14）交互纏生卻無法準確咬合的齒輪，從四四拍無息地滑入六八拍的幻境，迴旋著、迸散著，這感覺使人痛苦不已，意識和潛意識的兩端執意地想要將高低音的豆芽對齊，可扯碎的片屑只是衍生出更多音符而已。

疲憊嗑著空氣的微塵，而微塵覆蓋著我的血液。

我的甦醒和沉睡只是關乎己身，身邊不知換過幾個密集的晝夜，也就渾然忘卻了牙牙學語的年歲。至於和祖母的朝暮寒暑，那些咿呀的古老語言聲腔，彷彿早已死去。

滴答滴答……，滴滴答答……。

雨水再次滴落隔層間的採光罩，愈發密集，使我不由得凝神靜聽起來。除了勾勒雨滴的大小，以及終於想起中午約好的飯局。畢竟，和長輩的約期可不由得我們輕易食言啊！

第二市場的巷子中段新開了一間韓式料理，若說至親骨肉於我們還有一點牽掛和纏累，那麼拒絕顯然也成了一種難處。姑姑早已在店內等候多時，一見我濕漉漉、狼狽不堪地到來便立刻拊住我向著老闆介紹身家背景、拉攏族親關係；但其實眼前的老闆究竟該叫舅公呢還是統稱阿伯對我而言根本不重要，說到底遠房和近親早已被無形的溝壑阻絕，到我們這一輩可誰也認不得。而我現在最在乎的竟只是來一碗熱騰騰的拉麵？

歸納為噶哈巫族只是一個名詞，可這錯縱複雜的血脈卻牽連得我們陌生不已，上一輩和這一輩的關係，也如同前世今生，沒入荒漠流沙。

舀起一匙湯麵，也像繁茂蔓生的瓜藤，難以撥枝散葉地找到最初的源頭。問題並非此時才倏然迸現，而是長久以來發臭腐朽的產物，各人一直試圖忽視這偌大的族群意識，只因在這世代做更多的努力仍是徒勞而已。

我為此感到無能且無措。也許仍照舊假裝昏迷並以酣睡來逃避這一切，像個不問世事的高人，又像個棄世不顧的浪子。而或許大多數人也同樣如此。

按著姑姑的指示，我終於鼓起勇氣打了通電話給小舅公，問他何時有空帶我參觀噶哈巫文物館。歲末的慶典是噶哈巫族的新年，是四庄族人（守城、牛眠山、大湳、蜈蚣崙）永遠的紀念。我們走鏢、牽田、唱著噶哈巫的歌，Ayan 淒婉哀愁的曲調傾訴著古老而雋永的傳說。當我們牽起手圍著火堆吟唱此曲之時，綿雨霏霏而下。

也是姑姑執意找我擔任此次噶哈巫過年的文物館導覽員，若骨子裡還流著一道噶哈巫的血液，或仍承接著祖母的榮耀，就不應還拒推阻。噶哈巫究竟在沒落或欲待崛起，都如一片雪地凋零的殘花。青年人應該覺醒的呼聲不絕於耳，耆老一個個在死去，我們拾起失落的語言破敗如灰燼，完整的拼圖變成抽象的藍圖，意欲傳承及延續的薪火，卻殘酷地要和整個時代拉拔。

而祖母曾說過一句話：「若我們早個十年起來積極推動，語言文化就不至於沒落至此。」可惜我們只能如幼兒般搖搖晃晃地站起，卻仍流湎於大量的睡眠。耆老的夢，漸被年歲消磨殆盡；他們熱切的渴望，仍在風燭滅盡時消亡。

繁華將不再落盡。如夢乍醒的我們終於從責任降臨我們肩頭時才感受到呼吸的重要，而凝固的血液也需要時間來化開，過度蹉跎只是使得年歲徒增，錯過了噶哈巫語言文化最精醇的流金歲月。

爸說幾十年前他們是以一雙破舊的草鞋走在石頭路面上，沒想到於今，我們前方的路依舊如此坎坷。

而幾天後，小舅公把廂型車開進我家門前，微弱的噶哈巫老歌在細雨中哼吟，我連忙跳上副駕駛座，車子緩緩地行進、沒有盡頭似的走過村邊走過田野，繞著四庄放送歌曲，提醒分散各處的族人們過兩天即是過番年的日子。

但沒有人會聽到的。

甚至沒有人專心在聽。

我不知怎地對此感到絕望不已。年老的長輩或許仍會快樂地、艱難地前來；但更老一些可能會躺在床上看著連續劇勉強吃著剛切好的水果；中年人總有忙不完的工作還得照顧無知的幼兒；而青年人又有誰曾記得自己是噶哈巫的後裔流著噶哈巫的血？忙著排山倒海的作業忙著戀愛，忙到一切都將灰飛湮滅。

真是令人作嘔。車內濡濕的霉味，以及，臆測。

小舅公卻唱起歌來了，一首接著一首，噶哈巫的歌，都聽祖母唱過，孩提時就不曾忘卻。偶爾應和著，或打著節拍，每一首我都有印象，卻無能完整唱完。我不時憐憫地望向小舅公：你竟能容許我們的後代如此衰敗，難到你眼裡看到的仍是一片欣欣向榮？

他沒看得出我的嫌惡，畢竟，誰看得出呢？他仍快樂地唱著歌，皺褶的魚尾紋飛舞著，偶爾還停下來貼心地替我解釋歌詞的含意。

我就要連羅馬拼音都看不懂了。我甚至難以吐露我族的語言。

繞過的庄腳靜靜地佇立著，如戍戎的邊城，於我而言卻已全然陌生。我曾經到過此地麼？又或者我記憶裡可曾有過這些版圖？諸多的疑問無由地令我感到極度茫然且惶恐，難道，這地也曾是祖先遺忘的疆土麼？但這一串問題其實是毫無意義的，只是徒增老死不相往來的疏離感而已。

然而臨走前小舅公沒忘帶我轉了一圈文物館，忘情地述說古早的故事、老去或死去的傳說。當年祖先是如何含淚離開所愛的故鄉，卻以高強的巫覡文化立足此地。一張張的舊照片被時光沖蝕得斑駁不堪，可在耆老的記憶中卻不曾褪色；就連脫線的衿帶、籐編的簍具都各自顯得傲然生輝。

「可這整個文物館裡並不只有我們噶哈巫的舊物啊……。」一排精列的關刀及挑高的八人大轎占了室內的大半區域，搶眼而霸道，嘲諷似地，挑釁意味十足。道教的佛教的各種民間信仰從各方襲捲而來，我族的命運只待四面楚歌。

漢文化終究吞噬了我們，噶哈巫。藉著無數的戀人，進行換血儀式。

於是葛藤開始向四面八方攀纏，原生的基因被分化得愈加渺小。四分之一、八分之一之後的 DNA 暴露了更多毫無說服力的弱點，訛誤的偏見探著危險的觸手，估摸著那些不純正的血統正意欲伸長胳膊奪取加分或者福利。

多麼鬼黠的世界。

而伸長脖子呼吸突然變得艱難不已。如果只是單純奢望祖輩的夢想能在這個世代被看見，如果只是希冀整個種族不再被歷史遺忘的話，可否能懇求罪衍不再層層裁定？於活者身上，於死者骨灰。

但老人的夢，總是以遺憾落幕。可這個願望已然跨越了好幾個世代，構築了一條悠悠的長城。而後人總是被他們聲嘶力竭地呼籲、熾烈如火的意志所感動且歌頌不已，就如同百年的情書展示在博物館一樣。

也許他們從來就不曾死去。仍在這個山城中聲聲呼喚著跛躓踉蹌的子孫們，再次站立起來。「我把噶哈巫的語言，攏交給你了……。」祖母曾氣若游絲地吐露交託，在桑榆暮景的晚年。

握在手裡的筆記卻不知何時已被汗水或雨水浸潤。而小舅公走遠了，在雨裡佝僂前進，身旁的黑狗向他吠著，親暱地伴著他回家。

彭樹君：

這篇我有選，它講的是一個平埔族原住民的題材，叫噶哈巫族。這作品是很沉重、龐大的題材，是一個很嚴肅的內容，是瀕臨消失的原住民文化的內在省思。我覺得作者有一個很大的野心或者是他的企圖，他要去呈現整個族人從過去到現在一個歷史定位。那當然他也有很多的困惑、質疑，他也有懷念與失落，以一個學生來講算是相當成熟的作品，所以我給的分數還滿高的。

袁瓊瓊：

我看〈血脈〉的時候，沒有去google，因此不知道平埔族裡有這樣一個族別，我以為這是作者編造出來的。因為沒聽過所謂的噶哈巫，我會覺得他在寫一個奇幻的東西，但他寫的那樣詳細，完整，把這個種族的語言、環境都寫的非常真實。我看的時候異常驚嘆，覺得作者有想像力，文筆也很精采。

但是我其實不喜歡這篇。我感覺作者文字裡表現的是對自己這個種族的排斥而不是自傲，他用來形容這個族群的字句是比較負面的。從另一面看，或許作者是用這個方式表現他的失落感，表達他對自己的文化不被重視的委屈。這個我理解。但是，他文章中，對於自己的出身，對於自己真正的傳承無法有自傲感，這種心態我沒法接受。這個同學寫得非常好，只是我個人不喜歡對於自己的血脈沒有榮耀感。這種主題我不想鼓勵，所以我沒選這篇。

鄭順聰：

通常在文化場域有某些身分的人，他會擁有一些比其他人更突出的身分，這是第一個層次。在寫作的時候你有題材的特殊性，再來第二個就是你擁有一個優勢，可下一步是什麼，你要把這個題材好好的詮釋出來。比如說他第一段就讓我覺得這個學生的文字很用心：「歲末，寒意耽遲，雖是十二月初旬，套上毛衣加件薄罩衫也就了事。細雨不間歇地下著，飄搖了整個小鎮一片迷濛。」他文學底子非常好，而且他無論是在形容詞，或者說在整個的語氣變換非常好。第七段：「爸說幾十年前他們是以一雙破舊的草鞋走在石頭路面上，沒想到於今，我們前方的路依舊如此坎坷。」再來「我就要連羅馬拚音都看不懂了。我甚至難以吐露我族的語言。……漢文化終究吞噬了我們，噶哈巫。藉著無數戀人，進行換血儀式……多麼鬼黠的世界。」

第二層次來講，這個同學就已經達到一個我覺得很高的標準，他能用簡練的句子去描述這個族群身分認同的迷惘，寫得非常的好。那第三個是你在寫一個東西時候，你如何去切入他的角度，他寫的是噶哈巫族現在的處境，他去找他族群的身分，在這個過程之中所遇到的碰撞、思考、疑惑跟迷惘，他把這個迷惘寫得非常的好，所以我非常的稱讚這一篇。可是第四個層次，你不能只是迷惘，不能只是悲憤，不能只是一種對這個身分的追尋，還要付出行動，你能寫更多這個族群它的歷史、它的文化，甚至連它的語言都寫出來。

彭樹君：

剛剛順聽說到的，我覺得我倒會這樣子看，我們其實不是要去解決問題，而是要提出你當下的心態，那我想這就像是自我認同。在這過程裡面你可能會質疑，你可能會困惑，甚至是嫌惡或者是說對於自己產生很大的懷疑，可是我覺得這篇會讓我感動的地方，就在於他是在非常沉思的把這一切都沉浸出來。我覺得他最大的是困惑就是一個自我認同的困惑，從這一點來看的話，這是一篇誠實的作品，散文貴在真實，所以這一篇我認為是一篇真實的作品。

牽手

公行一　曾莉雅

阿公又住院了。

一樣白得無情的牆牢，一樣藍得如天的病服，一樣橘得似橙的病床，一旁有著伸縮功能的陪坐陪睡兩用，躺著恪骨。不一樣的是症狀，那些讓人頭暈目眩的堆疊性的醫學名詞用語，一個個前仆後繼地找上阿公，聊表心意。

生老病死，生老病死，三負一正，三壞一好，差一壞保送，剛好組成人生。這樣想來似乎也有那麼抹悲哀，人生值得期待樂事唯那一「生」，慶幸的是光於生就佔盡人生大邊——用於追求夢想，實現自我，或自我放逐以為度日，每人用途不一。不可否認，對於生命、人生，活著這件「小」事，人們大部分普遍存有幻想；對於老病死，卻無一不是排斥，忌諱，少意欲多談。

作家簡媜曾說到：「『老』，不只是一個人需面對的人生新狀態，它會取代舊有的一切，也會帶來全新的難題。」高齡化社會，甚至超高齡化社會正逐步襲捲全球，老人安養、照護、福利等也被推上檯面作為各國家置頂文。對於這些統計數字專家學說，老實說，並沒有什麼太大的感受，然而卻是與我們每一個人密切相關的，因我們正在經歷。雖然老看似是一個人的事情，卻需要身邊的人一起面對，如同一顆石子丟進水中，必會揚起水波，吹皺漣漪。為什麼？在人與人的關係中，永遠都有你不可卸除的責任。

看診，住院，對於阿公來說其實就像聊閒話家常般稀鬆，從西醫的心臟科，胃腸科到泌尿科，從中醫的推拿，拔罐到針灸，甚至於求神問卜，擲筊算命等等，阿公就像神農嚐百草無一不親身嘗試，都可以匯成一效用評比表了。有時候我會懷疑，病體，到底，病的是身體？還是那顆已經不相信醫生專業判斷藥物治療的心？看著阿公的身影在大大小小的診所、醫院來往穿梭，總是覺得很感嘆；人類對於時間的流逝，就像無力抵抗大自然的反撲，那麼渺小，如蚍蜉，被動接受。

生病的感覺不好受，除了需忍受肉體的疼痛外，心靈也會遭受折磨，尤是以住院更加難熬。病患所有的只是那麼點小空間，一張床，兩三位似熟非熟的同袍（住在VIP高級單人病房的尊榮客戶除外），四面牆，以及一二位陪伴伺候著病患的生活起居的人兒。阿嬤總是義不容辭，慷慨就義。

如果說，鮣魚總是委身於鯊魚身下，黃頭鷺總是佇足在水牛背上的風景，秋楓的唯美詩篇總是伴隨著落紅的節拍，那麼阿嬤大概就是屬於這類角色吧！依附，陪侍，隱忍，如冬如水。每次的入住、退房，真正辛苦的是阿嬤吧，我覺得。阿公哪裡痛，阿嬤叫醫生；阿公要吃什麼，阿嬤快去買；阿公睡不著，阿嬤不能闔眼；阿公生氣了，阿嬤默默聽著吞著承受著……。

阿嬤即一例——臺灣典型傳統婦女——依附在父權社會及農業經濟架構下的臺灣女性，人生的價值與地位，受到男尊女卑的觀念與傳宗接代的功能取向等外在因素所左右。其婚後的生活寫照，包括天明即起，上侍公婆、下撫子女、照料小姑小叔、內外灑掃、修補全家衣履帽衫、三餐烹煮等，若逢年過節、節日喜慶更是忙碌，農閒兼差補貼家中經濟，全心全力的投入家庭照料，從而成為所謂「賢妻良母」。對於阿嬤來說，說阿公為天也不為過，凡事以他為中心，凡事要聽命於他，不得忤逆。阿公的大男人主義與阿嬤的小女人聽命之完美演繹。

阿公阿嬤的認識結合，是相親，是媒妁之言，是父母之命，和現代的自由戀愛觀自主選擇伴侶不同，只得休妻，而無「休夫」一說。阿公就像是一位有著完美主義的指揮官，控掌著阿嬤一切行動，喊出向東齊步走，其餘三方絕對不是阿嬤的選項。他們是夫妻，生活方式卻像主管員工；他們是伴侶，予人的感覺卻像主僕；他們是彼此的牽手，他們卻從來不牽手。

我們一家子沒有和阿公阿嬷一起住，他們倆老獨自住在蓮花之鄉，純樸而簡單。倆人世界雖好，但不免會有想念兒孫膝下的時刻，阿嬷就變相成為阿公很好拿來說嘴的一個理由：走到電話旁的椅子坐下，播打出沒有被記錄在收藏於玻璃櫥窗上寫滿密密麻麻的標識、數字組合的黃斑電話簿上的號碼，嘟，嘟，嘟，喂。

「黑，恁阿嬷講伊足想恁矣，恁甘無欲轉來？」

「恁阿嬷去買柑仔蜜講欲給恁呷，愛記得矣轉來提。」

「恁阿嬷講頂改恁買矣王梨酥袂穲呷，後改轉來會使閣買。」

聽到這個就知道，啊，阿公想我們了要叫我們回去了。

阿公對孫子們很好，很疼我們，我想如果我是阿嬷，我大概在不知不覺後會發現，咦！怎麼身旁多了好幾瓶裝載陳年老醋的空瓶子。都覺得孫子才是阿公的情人了！

有一夜，阿公在急診室醫生發出病危通知，那是家族成員最到齊的一次。那時候阿公不顧醫生反對，在他仍清醒的時候堅決要見家屬，醫生無奈下只得通融一位，然後阿公叫的是，爸爸——長子。

五分鐘後，爸爸走了出來，他跟大家說，阿公只有講：

「恁母仔伊幫我艱苦扞家規世人，毋捌享受過，若是我無細膩無去，你要好好仔給伊照顧。我的物件攏係要留給伊矣，恁攏毋通佮伊搶，共伊討。」然後微微地揮手示意爸爸出去。

我才明白，阿公給阿嬤的，不是需要從阿公身上獲得同理、被理解的感受，也不是現代講求的溝通、互動、談心這類雙向行為，更不是現下年輕人最講求的男女平等關係；阿公給阿嬤的，是那種鯊魚予鮣魚的無飲食果腹之憂，是那種水牛保護黃頭鷺不被貓、狗追咬，又有歇腳之所的溫室花房，是那種不論是否年華已老去，仍舊把你攬在身後，為你遮蔽出一個家的那個相似的堅挺背影。

這是屬於阿公和阿嬤的牽絆，走過一輩子的默契。

鄭順聰：

〈牽手〉有很多很好的點，譬如說：「鯽魚總是委身於鯊魚之下，黃頭鷺總是佇足在水牛背上的風景，秋風的唯美詩篇總是伴隨著落紅的節拍。」他這裡有設下了伏筆，那這是個很不錯的比喻，這是第一個。他這裡講牽手就是阿公住院了，住院了之後阿嬤全心在照顧阿公，但阿公很嫌棄，可是最後阿公要過世之前也是交代大家，要多多的照顧阿嬤，一個很好的伏筆。

然後第三點，我都提倡所謂的母語書寫，他台語用得不錯，「黑，恁阿嬤講伊足想恁矣，恁甘無欲轉來？」、「恁阿嬤去買柑仔蜜講欲給恁呷，愛記得矣轉來提。」他有一些閩南語我覺得很用心，可是這麼多很好的元素組合在一起，卻是零零落落的，並沒有很完整。然後它的敗筆是第四段，像寫作文一樣，「作家簡媜曾經說」你用簡媜並不會有更好的分數，而是要引用的恰當。

袁瓊瓊：

我同意順聰的話，這是一篇需要減肥的散文，但是我不同意順聰的是，從他的題目可以看得出來，他不是寫親情，而是寫他阿公和阿嬤的愛情，而且不是直接明說。他寫的相當技巧。先寫阿公生病，好像在談的是親情，之後開始寫他阿公的性格：明明自己想孫子但是都不直說，他都用阿嬤做藉口，說阿嬤去買了什麼什麼東西要給你們吃，所以你們趕快回來吃，是阿嬤想你了怎麼樣。這情況寫的非常真實，因為我認識非常多的老人家都這樣，尤其是做阿公的人。之後阿公覺得自己身體狀況不好，擔心自己活不久，他居然也不去跟他的妻子講任何話，而只是把他兒子叫來，說你不要去跟阿嬤爭東西，通通都給她。

到這裡才看出，前面描寫阿公拿阿嬤當藉口其實有另一層意思，是在表現阿公對阿嬤的依賴。作者寫出了老一輩人感情的表達方式：非常曲折迂迴，永遠不直說，總是要九拐十八彎，用不相干的另一種方式來表現，這背後的深情，作者寫出來了。

這種轉折非常高明。寫文章，直白地寫是第一層次；但是如果有個轉折，讓人想到深一層，就達到第二個層次；然後轉過之後，又回到原來的直白狀態，其實便出現第三個層次。這篇文章在寫作技巧上是很高的。文章裡不直接說「愛」，但他描寫這對老人家在一起一輩子，感情不是用說的，而是從兩人的互動，以行為、以心表現出來的這個部分，非常非常動人。

彭樹君：

這篇文章我認為它是越寫越好，在一開始的話會被誤導，可是到後面我是非常喜歡、它感動了我。因為想把一個老式的感情，從兒孫輩的角度去看他阿公、阿嬤那一代的男女關係，我覺得光是這一點就非常值得嘉許，他用很多這樣的句子去看他阿公阿嬤之間的對待，有一種細膩。

然後我非常喜歡他的比喻，最後面他有寫到說：「我才明白，阿公給阿嬤的，不是需要從阿公身上獲得同理、被理解的感受，也不是現代講求的溝通互動，等等……阿公給阿嬤的，是那種鯊魚予鮣魚的無飲食果腹之憂，是那種水牛保護黃頭鷺不被貓、狗追咬，又有歇腳所的溫室花房。」我覺得他那種前後的對照，還有那幾個過程，原來阿公他在病危的時候，交代說以後他的東西就是留給自己的妻子的，我覺得我看完這裡的時候我非常的感動，那種老式的男人他在表達愛的方式是這樣一種很含蓄的方式。

可是要挑毛病的話，散文的切入很重要，從哪個角度去切入，你會把你的讀者帶往另一個方向，我在看這一篇的時候，我覺得我一開始是走錯路，幸好後半寫得非常的好。

話景

中文五　黃欣喬

風，是樹的影子。
而葉，是風的搖鈴。
我捉住了一把風，逃掉了樹的影子。

妳說，今天妳讀了詩，反覆揣想那最喜歡的場景；而我告訴妳，現在校園裡頭的顏色，是青中帶點綠，還沒變紅，什麼時候再回來看一看？手機另一頭，妳歪著頭，嘀咕，似乎有點記不起山城的顏色。

從學生餐廳往人文學院的方向，那一條平鋪著石子的走道，路旁有繁茂的茄苳樹，樹幹粗，又深；樹梢末端，三片卵形的小葉組成一片大葉，在六、七月的時候，陽光一貫下來，就成了一串串的翡翠。等到了十二月左右，天氣漸漸變冷，老葉也慢慢變紅，紅到了底，便在周圍落成了一張張紅色小毯。記憶中的紅很濃，起風時，我倆最愛挑這條路走：妳偏愛樹蔭下風的鑽動；而我眷戀因風而起的葉子。一起看這些黛綠、橘紅；聽著沙沙又沙沙的節奏。但我今天特別仔細看，路景反而分外地淺，不如想像中火紅。

三個月前，妳不再跟我並肩著走。最喜愛的小路變成了霾害籠罩的晦暗森林。兩旁的樹是魔鬼的差吏，而冷冰冰的枝葉是他們的爪；風一刮，就是一道道肅殺之氣。很長一段時間，妳不願別人聯繫，我只能頻繁地留下：

「嗶——，您有一通新留言。」

「嗶——，您有一通新留言。」

「嗶——，……。」

等妳終於接起電話，我們共同咀嚼這幾個月來的細碎心事，一來一往，也開始談起那個最愛的地方。我想為妳灑點陽光進去，到今天，已經有七十七個通電話的日子。

「最近我特別觀察了這路上的樹。」照慣例我們說著日常與非日常。

「哦？」

「我講給妳聽。」

「恩，好呀！」

這是一條緩緩的下坡路，石子路的左邊，是一片寬闊的草原，中間隔著斜斜的坡，踩在上頭，會從腳踝的一邊往另一邊拐，很少人往那走，雜草也較多。但我最近有個習慣——坐在坡中一張野餐椅上，看這上頭的茄苳、鐵刀木和黃連木。鐵刀木的花是鮮黃色的，開起花來，斑斕奪目。而我是被它的挺拔所吸引，走近看，樹皮說不上是咖啡色，反而帶著些灰白；羽狀複葉，長橢圓形的小複葉大概有我一根無名指長，組合起的大葉，應該就有一手掌那樣大了吧！風一吹拂，互相摩娑的小葉撞上大葉，「撒——撒——」有節奏地傳遞著風的耳語。

比起鐵刀木，旁邊的黃連木就顯得削瘦了些，傴傴的身子，結著一串串鮮紅色的果實，垂在樹間，吸引著白腹黃身的繡眼兒。它的葉子小，不像茄苳有著大而波浪狀的葉形，也不如鐵刀木細長，大約是一到兩個五十元硬幣大小。但因為較小，反而較韌，當鐵刀木被風吹地悉悉簌簌響，一旁的黃連木卻紋風不動，只有葉子逕自直立在那橫向的枝上顫動，閃著銀光。

「那銀光，就像之前一樣嗎？」

「就像之前一樣。」但我不忍告訴妳，旁邊有棵只剩下孤伶伶的幾片葉子。危如累卵。

妳發生事情的時候在台北，我沒能趕上去。接通阿姨的電話之後，才知道是出了車禍，雖然身體休養了幾星期就能康復，但傷及眼部，往後的花花綠綠恐怕沒了顏色。我一逕地打電話、留言，因為知道妳往往埋藏自己的駭怕，不願被人發現。想起以前鬧彆扭時，能持續好幾星期不接電話的妳，也有了打持久戰的準備。還好這次，僵持一陣過後妳便不排斥。

我們養成了常打電話的習慣。

如果是輕柔的風，只撫得動樹梢上的幾片綠，擦出一點碎語。要有幾片黃葉飄落，才能察覺，但這種時候不多。學校是個山城，山城的風，總是瀟灑，一經過，必在樹梢間留下足跡。而風大的時候，一些體態較輕盈的葉，便隨著風走，像極了那些跳芭蕾的舞者，輕輕一挑，就躍上天際，有時還故作個華麗的螺旋。伴隨這陣騷動，有人揚旗，有人揮手，等風波稍平，那些茄苳樹上的大圓葉，才肯自顧自地落下，像看完表演魚貫而出的觀眾們，想著各自心框裡的風景。這是今天葉落下來的樣子。

那些落在泥地上的、石頭上的、草堆裡的，有的沉沉落下，在空中劃出一條筆直的墨線；有些撞著鄰居的身子，碰了幾下，才肯落入土裡；另外還有些劃過男孩的肩，或跌進女孩的衣帶裡。我也想把妳放進衣帶裡。

「是不是又起風了？」

「妳怎麼知道？」

「我聽到的。」

那一陣風，吹在石子路的右邊，一條和石子路並排的柏油路。路的另一旁，也是整排的茄苳樹。黑亮亮的柏油，覆著有稀有疏的葉子，幾乎蓋過了一半的路面，先是葉，然後是路，最後是葉，就像三層的紅豆糕。我較少抬頭望向那一頭，但從鋪滿落葉的路上，可以看見他們的蓊鬱。當穩穩的風一掃過，葉子就跳起來，俐落地翻滾、奔跑。這是風和葉子的遊戲，一片片的脆葉，立起，像競爭者，又像夥伴，一股腦地跟著風往前衝。當葉緣與地面接觸時，發出「扣扣、扣扣」的追逐聲，宛如小學運動會時滾大球的遊戲。

「下次來，我去車站接妳。」我說。

「好哇！挑個風大的好日子。」妳聽起來雀躍，好像比以前更愛風的觸感。我們有一個默契，CONNECT——心連著心，現在眼也連著眼。雖然不敢說完全懂妳的感受，但我會更努力地了解。

大風過後，灑了一地的，是葉的畫盤，青黃的、紅中帶上一些斑點的、竹夾子色的、綠橘相間的……。我喜歡輕踩落葉的聲音，和這些青脆喳喳喳地對話。如果遇上了落地較久的枯葉，質地更脆，踩上去會發出「剝！剝！剝！」的裂響，我專挑落葉多的地方走，妳也從來不攔我。現在，我還是喜歡這樣做，而且踩得更凶，一半是為了讓妳聽見；另一半是感覺好像一踩，妳就會格格輕笑，然後伸出手，推我一把。

如果風用滿地的痴來邂逅路過的遊人，那麼閉上眼就可以從葉子的聲響捕捉風與人交往的氣息，我學會了這樣做。有些人會拖著腳步走，大概連幾天熬了夜，沒多的力氣抬起腳來，這種腳步比較沉，但有種舒緩的懶散，把葉磨在地上，拉成短短的濁音；也有輕快地一蹦一跳的，在腳底印上了朱紅和墨綠；偶爾，四個小輪子推著嬰兒車，搭著兩行腳步，比較小心翼翼；但大多時候，還是成群結隊、高聲笑談的多，並著步，或拉著手，熱鬧哄哄，沒發現腳底下同時也正七嘴八舌地討論，上一秒誰的響聲最美？而我愛聽，交疊著的步伐，踏成與我們相像的默契。

「我想要看一看。」異常鎮定地，妳說。

遲疑片刻，還是把正在視訊通話的手機畫面對準了我們最常走的那條路。

「顏色好像淡了些。」妳說。

我不知道在妳眼裡的風景是什麼樣子，但我點頭同意。

這是一條下坡路。往下走時常是順風。順風，衣服就會整個打在身上，露出背的線條。「妳的線條很美。」我總愛笑鬧地說著喜歡順風走的理由。現在還是習慣這樣走，偶爾，會瞥見與妳相像的背影。若是逆著風，便用髮圈把每一根想念束好，紮在後頭，讓一片片落葉打在臉上，帶著刺癢而活潑的氣息。那感受，和妳輕彈我臉頰的觸感相同。

又是一片砸下來。

我把它夾進詩裡。

風和著陽光帶點暖暖的味道，把葉子烘暖了。

作品講解

彭樹君：

這篇它是我心目當中的第二名。它是借景寫情，我想這個整個場景就是在暨南大學，它用很多的景致的描寫去寫情感，寫得很內斂。他寫給文中的你，我覺得這裡面有一種隱隱約約的，我說不出來是友情還是愛情，總之是一種很深刻的情感，他的朋友出了車禍傷了眼睛，我就用我的眼睛去看風景，然後傳遞給那個眼睛已經沒有辦法看的朋友。

他的文字很平淡，可是很優美，我很喜歡這樣的文字。他是一種很優雅的、很內斂的方式，然後經過收斂很深刻的情感去寫，寫一種景色，寫一種感情。但如果說我要給作者建議的話，我會覺得他的感情其實可以更放出來一些。因為有些時候會淡到看不到，那個太淡了，如果說你再把那個感情再放出更多一點的話，會更有滲透力。

袁瓊瓊：

我同意樹君的意見：這是一個有創意的作品，作者試圖用文字來描寫聽覺。開始第一段，他就說：「我告訴你，現在校園裡頭的顏色，是青中帶點綠，還沒變紅。」他完全用敘述，把畫面給形容出來，讓那個已經看不到的人可以用想像看到、可以在腦海裡呈現完整的畫面。而後面在寫聽覺，這是很有技巧的一種寫法，而且他的技巧完全不露痕跡。

我個人非常非常喜歡他的文字，我跟樹君曾經談到文字中間的乾淨，什麼叫做乾淨的文字？我覺得這個就是乾淨的文字，他非常的乾淨，對場景或是對情感，或者對於某些事物的描述，都非常的準確沒有贅詞，這是一個非常厲害的高手寫的東西。

彭樹君：

再補充一下，他的文字好的地方想舉個例子，「三個月前，妳不再跟我並肩著走。最喜愛的小路變成了霾害籠罩的晦暗森林。兩旁的樹是魔鬼的差吏，而冷冰冰的枝葉是他們的爪；風一刮，就是一道道肅殺之氣。」為什麼呢？因為他接下來就要寫他的朋友出事了，所以他其實就是用情去寫事件，許多地方都是這個樣子的描寫，他的寫景看起來看似輕淡不著痕跡，其實都是有脈絡的，而且都是有設計的，這是很棒的文字。

鄭順聰：

我覺得我看這篇文章，他會有三個致命點。第一個就是說，他是文藝腔，可是還不算太嚴重的文藝腔，這樣的東西沒有創意；第二是，他文藝腔會有一個特點，就是會用很多花草樹木的比喻，對我來講這個都不是很有創意的寫法，那感受的感覺都會很類似；那第三就是你們講那個眼睛受傷的朋友，我覺得這個就是這樣的脈絡常常出現的，一個類似偶像劇的情節，他不是失憶就是看不到、死掉又重生這種東西。這純粹這是我的看法，我覺得這三點完全就中了我的地雷。

我舉一個比喻，郵差這部電影最後的結局，郵差要把錄音機寄給聶魯達，他就順便錄了海浪的聲音、錄了鐘聲、錄了他爸爸憂傷的魚網、錄了孩子的胎動、錄了星空的聲音。我覺得這是最高段，但你要給一個看不到顏色、目盲的人去描述這個東西，我覺得這樣子的寫法好像都打中我的地雷。

彭樹君：

我要講，你覺得你的地雷、你的毒藥就是我的香水。因為我就是喜歡那種自然主義的東西，所以在看的時候，我看到那個畫面，然後聞到那種植物的香氣會感到愉悅，只是我開始有點憂慮，因為剛剛順聽在講的時候，我的憂慮在看稿的時候也是同樣的，就是這裡面的真實成分。我們講到散文這件事情，它其實應該是真實的。

這篇如果是一個真實的散文，當然它是非常非常棒的散文，可是如果它這裡面是有一些虛擬的成分的話，就有值得探討之處。因為我們並不知道這篇稿子背後的成因，但是我在看的時候，都先當成這都是真實，因為我們是在評散文。

無棲生活

中文四　曹育愷

路末，你與我終得以向彼此道別。

緩阻而長的時日裏，根植著曾存的足跡，適時相疊的腳步拓印出彼此的疆界，步步相繫毋已中斷，直至路口，前頭已無存曾共活的片段。

當往昔雜入每個明日，喚起城市喧囂作為祭弔的方式，我如失根者漫遊於曾落足的角落。天際線環繞於未能遠望的彼方，屋簷割裂得以直視的天景，困獸般，未曾逃脫記憶如粉塵揚起隨時得以吸入。

「這是對我跟你最好的方式。」

適日，逃離偏移早已選定的軌跡，你我不曾談論所作出的抉擇，在無數沉默相對的夜晚，試圖拉回圈定的關係，何者屬於有效的範圍，然聲響總歸於徒勞。誰築起城垛成真空，抽去話語得以依憑的介質，聲波複寫出曆法，卻僅得以迴返於兩相監禁的外境，屬於彼此的，再無以踏出得以相近的步伐，原先行過的路途，早於曾輕盈踩踏的當時，逐而陷落。

「早安起床出門了吃飯了嗎在哪在幹嘛有想我嗎」

過於形式分析的感情，你每每細讀散落片段，卻仍未得以理解，被安置於中的傷痛來自於同年，或書寫的原型如附人，傷逝如互存的母題，身影藏植於句與句間的沉默空白，字句未曾掉落遭避去的時刻，隱而未顯的言說著，你至今仍試圖還原相識的第一日，如同每個曾映現於回憶的早晨，寧靜安適於聆聽。而今我卻遺失構築的能力，再已習慣撿拾的現下，拼圖般零碎。

準備離去的第一日，棄與背棄相迎。

N，究竟談論告別時，該如何準備待於傾倒的話語，約擴出或可到來的情節並逐一剪去，時日篩去餵養後的你我，於路中險阻時相靠，卻於緩步行道時漸別。

雜物安置家中可或不可見的角落，何以拾盡早已散落的碎屑，於共行時日下細磨如沙。離去前被憶起的地點，有著曾同往的所在。島北或顯折人的氣味喧囂，東行時礫岸海水攫去碎石，彼此碰起的聲響，浪潮曾試圖搬離卻仍徒勞的堆疊，迴返聲響一如不捨卻仍未得以逃離磨損，陰雨覆去貓村本應迎來的清朗午後。

行道路途疊踏著，遞移建起另一種關於等待的鄉愁，逐一撿拾記憶充塞的角落，緩慢而漸進的歸入原屬的位置，腦中複寫著，時長未曾得以增縮的夜晚，或相擁入睡的時刻。

「把我的東西還給我吧，其他可以丟掉了。」

望向曾共有過的物件，該如何切分你我，房間氣味擺設凌亂或刻意放置的狀態。什麼是你的？而什麼又僅屬於我。我兀自拆解著，將昨日切分為線，纏繞自初開始增生的雜物，試圖將其搬離。空出得以安放新物的角落。

「你覺得我是怎樣的人？」

當晚，我測試著熟習的重量，儘管你得以背誦覆於身外的記號，如生日電話血型星座，種種未能變動的部分，卻還有許多無以跨越，如理解感受明白各自想法的能力。

未得交疊的時日，過於需要彼此扶持，相處一再磨去包含忍受期待和耐心，焦慮增生於彼端逐日膨脹著，我收起曾試圖訴說的事件心情和想法，沉默餵養起毋以悖反的事實。如同質變發生般無可逆行。

時日停滯於首個共經的四季。

我不曾體會失去，然而當前行步伐漸緩，自我質疑起現下擁有，包含你我所共築的，該如何談論理解和失去，因期待而容忍，看來悉如一切美好，無知於輕視傷感的重量，不若想像般得以輕易拾起，且得以逕自放下。

告別的第一日，本以為早將情緒折疊收束為附己的畸零，時而提醒自身已變的事實，時刻卻在運行時發酵。情緒暗伏於皮表下，未能被探及的所在，我未曾試圖感受逝去後卻又將至的昨日，每個原以為忘卻又於恍白時刻想起的話語，直至再度陌生，方得以下放，並前推著本以為已然平整的前景。

當晚，夜車駛於荒空中，迴返山城時需經的隧道，零星光點熨平路面皺起的摺痕，在不停逝去卻總如既往的外頭，我猜想著安妥而至的離去及返來，該如何詮釋未被預期來臨的結束，尚需前行多久後才得以理解，時日早已於被選定的起始恆常運行著，並在往昔裏被逐一刪去，成為分別的樣貌。

暗路進入被黃暈收攏的甬道，光圈擦過車窗一道道的。

我想起曾預視著分離，日子充塞起過多他者，稀釋寄居彼此的殘餘，我兀自喃喃著，一如話語被嫁接於真空兩端擺盪，回聲不歇止提起卻又不願接受。我探問起被視為理當的每日，不論曾合理與否，亦試圖構擬暫顯於腦中影像，你與我；彼與此，至終維持兩相凝望，毋須言談毋須磨合毋須失落。

「你到底要什麼，這是你要的嗎？」

「你呢？到底快不快樂？」

至今我終嘗試書寫，再度揉皺時間鋪平的往昔。路的意象移植於線性時間而開展，自始即預設存有的終點，生活僅是倒數著預知到來的前端，但在當下卻未得知曉，抵能揣想著必然到來的明日，無從預設脫逃的步驟和方式。

「如果有一天。」當言談悉為假設，二者不再出脫懇切的語句包含承諾，或因已然知確於再次錯身後，悲傷毋以名狀兩人相背行走，即便光得將身影拉長，卻仍無法再次牽繞彼此。僅能依憑視覺暫留兩人身影疊合，但仍終將消褪於前緣立於邊陲的彼端，劃歸起前推的界線留存著未得陌生的日常。

行路中，若有一日過往將自身餵養生根，便能剪去舊生枝枒作為新日之始，當擺盪漸趨和緩，不再刻意踏經曾共行的街道落足徘徊，嚷擾重植於車輛行經的路口，不再非得於無光之時行走，才得以切實作為離開，屆時預設脫去慣習所需七天的時日。

「這是我們分開的第二個早晨。」

或誰也曾以愛為食，本能般求尋著。我重歸於無棲生活，不再有所攀附有所牽掛有所不捨，立身於他人未得窺去的高處，藏於無聲以過往為食，下嚥著尚未被沖洗的殘餘，如殉道者般虔誠。

而路末，其實你與我誰也是誰踏足著彼此的，
無棲之人。

彭樹君：

這一篇看到好多詩經、楚辭，這個作者他的文字是很有個人風格的，〈無棲生活〉講的是一個分手的心情，這個作者他可能平常有在寫詩，可是這反而變成阻礙。因為他用詩的文字去寫散文，這個其實不太對，散文有散文的文字，我進不去他的文字，進不到他的世界，他的文字會阻隔你進入他的世界。

從第二段，「緩阻而長的時日裏，根植著曾存的足跡，適時相疊的腳步拓印出彼此的疆界，步步相繫毋已中斷，直至路口，前頭已無存曾共活的片段。」他是很用心地在經營他的文字，可是太耽溺在一種美的感覺裡頭，詩是可以用美去理解，可是散文不行，散文需要的是你進入他的世界，如果閱讀者很難進入寫作者的情感思埸，那文字反而成了最大的阻隔，它會單閉在一種美裡面，好像不太希求別人的了解，這是我對這篇文章最大的可惜。

袁瓊瓊：

我跟樹君的看法一樣，散文與詩是兩種迥然不同的表現形式。好的散文我們稱讚它如行雲流水，然而這篇東西在讀它的時候，感覺一直被卡住，完全不能產生行雲流水的感受；可是相反的，好的詩是必須要讓人停下來思索的，用詩來看它的話，這是篇好的不得了的東西，它的每一句，你要停頓下來去咀嚼，然後去吸收它，你會慢慢的全部進入它的情境裡。

作者講的是分手。我覺得他設計得非常好。題目是「無棲生活」，看到「無棲」兩個字，我心裡想到的是「無枝可棲」，是一種非常無助的狀態，然後「無棲」是他的「生活」，其實是活不下去的。這個分手對於作者其實很痛苦，但是他表現的非常平靜，甚至疏離，這造成一種壓抑感。文章中有引號的部分，看起來好像很淡然、好像完全沒有受到分手的傷害、沒有被困擾：「這是對我跟你最好的方式。」這可能是對要分手的朋友說的話，也可能是他對自己說的話，看起來都非常的平靜淡然，完全沒有情感波動、也完全沒有挫折或是傷痛的一些描述。

但是沒有引號的部分，作者就直接在寫他的心情，寫到他自己的生活是怎麼樣整個破碎了，他的句子有種異常疏離的、失落，甚至呆滯的情緒，那些停頓，每一句卡住的方式，讓我聯想到，作者無助地在寫一個斷離，因為分開是就是某種關係的斷離，他用那種卡卡的方式寫斷離，我們閱讀時的不能進入，覺得被卡住，或許是作者的技巧，因為他把那種疏離感受轉移給我們了。

鄭順聰：

我很喜歡這裡的一些句子，所以特別選它，比如說：「時日停滯於首個共經的四季」、「每個原以為忘卻又於恍白時刻想起的話語，直至再度陌生，方得以下放，並前推著本以為已然平整的前景」、「至今我終嘗試書寫，再度柔皺時間鋪平的往昔。路的意象移植於線性時間而開展，自始即預設存有的終點，生活僅是倒數著預知到來的前端，但在當下卻未得知曉，抵能揣著必然到來的明日，無從預設逃脫的步驟和方式。」因為中國文學標準寫的就是「關關雎鳩，在河之洲」，很多詞藻的凝鍊，但這個比較像下雨的感覺，它意象是斷裂的，句子是斷裂的。

你讀起來有一種斷裂感，有一種打破文字一般的慣性的寫法，可是前面兩位評審講的，它放在散文這個脈絡裡面其實是非常吃虧，就像散文詩，可是我之所以會選這一篇是我很喜歡它這裡氛圍，這個氣氛非常迷人，可是你要有一個脈絡，能夠讓讀者可以進入你這迷人的世界。你看句子多好，我寫詩還寫不出這樣的東西：「一如話語被嫁接於真空兩端擺盪，回聲不歇止提起卻又不願接受。」建議你要有個脈絡，這個脈絡是什麼？就是你要去思考的。

彭樹君：

我補充一段，因為散文基本上是要引人入勝，你不能讓我看到很美的花，可是聞不到它的香氣，你看到這篇文章的時候你知道它很美，但是好像就是被放在玻璃罐裡的一朵玫瑰花，我們聞不到它的香氣。因為它用詩的文字來寫散文，所以基本上很可惜，它明明是一首長詩，但這畢竟是一個文學獎，因此沒有去選它。

十米拉鋸戰

中文四　吳俊廷

與其說是拉鋸戰，與w的相處其實更貼近追逐戰。w的存在很奇特，有些超乎常理。隔著十米的距離，w棲身煙霧中，在朦朧裡，對w抱持一些遐想，合乎常理。

w的炒鍋能甩半人高，我總是站在洗槽後望著甩起的拋物線，眼神跟著飛起墜落，下意識地放慢洗碗的速度，靠著逸散十米的香氣、烹調的手法，猜測起鍋的菜色。

在夜市，面對面交談必須提高音量，想聽見十米外的動靜，全無可能，但靠著w的肢體語言，我恍若聽見下鍋的唰唰響，和她獨特的說話方式。夜市的工作繁忙，攤販的孩子課後便上工，直至人潮稍減的午夜，才返家梳洗，回到正常的學生生活。工作中，攤販能寒暄的時間，只有呼朋引伴上廁所的片刻，市場的廁所，散落厚厚菸蒂、檳榔渣，密閉的空間五味雜陳，嘔吐物夾雜酒精味和尿騷味、屎糞味與香菸迷霧在昏黃燈光下游蕩激撞，我們習慣充滿菸酒的工作環境。雖然工作規律，但偶發酒客鬧場，生活亦不容易。每日搬運從大盤商批來的貨物，清洗堆積如山的碗盤，夏日站在爐火前，冬夜穿梭冰庫中，販賣勞力造就結實體格，作這行的是堅毅勞工。

我與 w 不很熟識，卻很熟悉她的背影，極度孤獨卻充滿自信。市場的人潮很規律，五點到七點滿桌且隊伍綿長，九點到十一點隊伍綿延不絕，因此八點與十一點我們總聚集在廁所，匆匆地抽菸。這是突破與 w 十米距離的惟一機會，當 w 現身時，我總會將話題轉離無趣的黃色笑話，加大音量評論著與市井格格不入的政治情勢，模仿名嘴偽裝成熟。但 w 很少看向我們，即便她與大夥從小成長於此，卻甚少交集。她將短暫休憩時間用來梳理反覆甩鍋、不斷俯仰卻絲毫不紊亂的馬尾，髮圈緊束與後腦毫無間隙，理好的髮絲露出整齊的左右五條白線，由耳前向髮圈收攏，馬尾上揚三十度塞入鴨舌帽後洞中，轉身離去。w 穿著雨鞋，走路時難以彎動腳踝，於是抬高膝蓋，再將鞋底與地面呈四十五度角落下，因此走路有些彆扭，跨步時上半身瞬間下沉，觸地後前移浮起。w 在蹬直前腳時，習慣順勢挺胸仰頭，像極在陸地上游動蝶式，馬尾也在身後上下擺動。攤位與廁所間隔著一條貨運的小馬路，夜晚補貨的車流稀疏，w 穿越路口時，卻停下良久，誇張地前彎反覆左右查看；w 雖與我們年紀相仿，有些行為我卻不明所以。

跟著老闆補貨時，他會不斷查看周圍的情況；過馬路時，會強拉住我，待確定無車後才鬆手前行。老闆時常告誡，作為勞工，安全第一，微薄的勞保，若發生意外，意味家庭經濟陷入困境。因此老闆推拉雨棚時總戴起麻布手套、工作時穿著雨鞋，雖然麻煩且需忍受悶熱，但卻毫不苟且。打工的我與攤販的二代們負責相同的工作，掌爐的事我們沾不上邊，因此我們穿著舊鞋，穿梭在攤位中，雨鞋是當家的標記，負責最艱難的工作。

與ｗ說上話，是一次難得的休假。因攤販的生意波動，收入不穩，非遇事故不休攤，第一次休假已是工作月餘以後。ｗ攤的老闆娘，有時會來我們攤上調取竹筷、零鈔，以救客人超量之急，因此ｗ攤成為我熟悉的攤家。第一次到ｗ攤吃快炒，出於對ｗ的好奇，以及習慣依賴供餐而喪失生活能力；加上為錯開用餐時段的進食習慣，以致過了餐廳打烊時間方感食慾，只能回到熟悉的夜市覓食。與ｗ的距離瞬間縮短九點五米，ｗ站在攤臺上俯視，高挑的身材造成壓迫感。她扯開喉嚨，用夜市的說話音量詢問我餐點。慣於獨自生活的我，從沒吃過適宜合菜的快炒，不僅不懂點餐方式，且荒唐得不知比鄰而立的海產快炒所賣的商品內容。望著攤車冰櫃陳列的珍饈，「豬腰子、雞下水、雞佛」實屬日常，「青蛙、蝸牛、魚鰾」才算特別、鮮美，各個開腸剖肚躺在櫥窗裡。我尷尬半晌，揀了魚鰾和風螺。作為快炒店的散客，我被分到大圓桌外置於角落的小方桌。從近處看ｗ，她將食材灑入，轉開爐火，火光竄出吞噬了炒鍋，ｗ的手在火燄裡攪動，瞬間濺起一陣油煙，往臉上直衝，鍋裡爆出的油水濺在手臂上，ｗ的臉忽明忽暗，時而映照出如凝脂的白皙肌膚，時而籠罩在夜市昏暗的燈光，我驀地發現ｗ嘴角有幾條早發的紋理延伸至下頷。

某次收攤，老闆取出一帶白色粉末，攪入熱水中灑向地板，攤位立刻散發像肥皂的濃烈強鹼味，地板冒出氣泡。我們拿起地刷使勁磨擦，地上的汙漬隨泡沫移動掠起，我從未見過這種清掃方式。原來市場的攤商都奉行此道，ｗ攤亦如是。ｗ攤洗地時，老闆會罕見地出現，初次見他，手上纏繞著紗布。據說，是肘部過度使用，造成的傷害。拋動大甩鍋，需極大臂力，夜市攤商翻炒整夜，通常是兩人輪流。然 w 攤老闆，常整夜獨自拋鍋，手臂因而提早患疾。w 在繼承後，亦是一人挑起掌爐的重責、奮力推動攤車、打理採購。我攤的二代曾想幫 w 推攤，w 卻單手舉起瓦斯，示意她的剽悍不容踐踏。

w 收攤雖然緩慢，卻充滿幹勁，扛著炒臺穩健邁步，馬尾肆意地擺蕩。w 是夜市惟一接班的二代，與我們年齡相仿，卻得以稱呼當家們名字；w 是惟一當家的女性，卻能搬動沉重的貨物、推動攤車。w 習慣在收攤洗碗盤後，來我們攤上與老闆娘淺談，露出她滿是水泡的手臂，放在蒸爐上烤乾。我習慣在休攤的晚上，到 w 攤上吃快炒；w 總是替我炒得清淡，並端上五碗白飯。

縱然早已習慣這樣的生活，與 w 的十米距離卻還在拉鋸著。對 w 的嚮往，是對同齡榜樣的追趕，還是對其堅毅的欽佩，抑或對其勞累的擔憂，或者有些未曾意識到的理由？與 w 的距離拉鋸著，摸象的盲人觸摸進靈魂，但只摸進粗足、短尾或長鼻，觸摸靈魂隔著需要習慣的距離與厚厚的皮。

鄭順聰：

很多文學的說法就是陌生化。例如它裡面的是夜市的一個小販，這篇用十米的拉鋸戰，這樣的距離，一個陌生化去了解，把這個人變成一個符號、變成一個很陌生的客體，你去描寫它。重點就是找到一個切入點，如果你的切入點是熱絡的、互動的感情，或者像在這邊有點陌生化的描述，他細心的描寫「攤販們能寒暄的時間，只有呼朋引伴上廁所的片刻。」有在夜市走踏都知道這個。在抽菸的時候就開始五四三，市場的廁所散落厚厚菸蒂、檳榔渣，密閉空間五味雜陳，嘔吐物夾雜酒精與尿騷味下遊蕩，所以它有很多細膩的描寫，觀察力很好。

「某次收攤，老闆取出一帶白色粉末，攪入熱水中灑向地板。攤位立刻散發像肥皂的濃烈強鹼味。」這個我們每個人可能幾乎都聞過，他在吃飯的時候就注意到這件事，那你在看到這個的東西的時候，有沒有想到把他捕捉出來，變成你寫作的題材。缺點的話我覺得他的文字還可以更好一點，有時候太過瑣碎，可以在適時停頓，用一個巧妙的比喻把整個過程跟狀態勾勒出來，畫龍點睛可以讓這篇文章更好。那我要特別講，因為我特別喜歡這種所謂的基層人民，他講到說倒數第二段，「露出她滿是水泡的手臂，放在蒸爐上烤乾。」他描寫這些常民生活的細節，很能打動我。

袁瓊瓊：

我覺得這一篇是沒有提到愛的愛情故事，雖然表面上看起來在描寫這個w，但其實是一個暗戀的狀態。他所謂的「十米拉鋸戰」，在一個距離外鉅細靡遺的描述那個女人的所有行為，通通都予以正面肯定，他非常喜歡她，但是他不知道要怎麼樣接觸她。每次跟她互動的時候都會有一點笨拙，最後一段的時候表白出來，他對她是敬佩又有一點隱隱的仰慕，他看了她很久，但是十米到目前為止還在拉鋸中間。寫得非常可愛、深刻，然後對夜市場景，白描的能力一流。

彭樹君：

我覺得這其實就是一個暗戀的心情。在最後一段他就說，「對w的嚮往，是對同齡榜樣的追趕，還是對其堅毅的欽佩，抑或對其勞累的擔憂。」你怎麼會去擔憂一個人呢？因為你喜歡她你才會擔憂她，雖然不是直接用那種很狂熱的方式，可是他裡面若有似無的情感，他可以這樣鉅細靡遺的去看一個人，從十米外看到近距離。

他暗戀的對象背景是很特別的，在夜市當中，這個佳人有一點女戰士的形象，因為她非常的剽悍，有一次有人要幫她推攤，「可是w卻單手舉起瓦斯，示意她的剽悍不容踐踏。」這樣的形象藉由這個作者的筆寫出來，我會覺得好有意思。首先是這個背景的獨特性，在夜市；第二個是他所喜歡的這個女子形象的獨特性，然後我們借由他的筆，看見那個女子的形象栩栩如生。所以我在讀這篇的時候會覺得這是一篇非常可愛的，暗戀的文章。

若妳聽見我用蝸角歌唱

中文四　陳詠雯

蝸牛是雌雄同體，這是我後來才知道的事情。

某次高三的生物課，不知道誰神來一筆的提問，老師整整解釋了一節課的蝸牛與蛞蝓的差異，還說了牠們是雌雄同體，以及如何交配的種種，顛覆了我對牠們以往的想像。我輕輕碰了碰同桌的妳，笑著在妳課本上畫了一隻醜不拉機的蝸牛，並標上妳的名字，惹得妳脹紅臉頰，故作生氣的向我伸出爪子，又是捏又是抓。這是面對考試生活的小樂趣，也是我們之間最快樂的一段日子。

放學後，如往常的一起跑步然後最後兩圈收操散步，天南地北的扯著生活裡的大小事。當時正值雨季，我們喜歡輕踢場邊時常出沒的非洲大蝸牛，看著他們滾得遠遠的，然後一起大笑，帶著一種現在想起來會讓人微皺起眉頭的殘忍，但當時青春的我們，渾然未覺。

我對妳說起過去的往事，關於初戀，關於那個曾經與我同桌的男孩。

※

小學四年級，我喜歡上坐在我左邊的男孩，心頭亂綻了幾朵粉花，肚子裡亂舞鼓噪了幾百隻花色蝴蝶，每天開始胡思亂想，因為某些不經意的小碰觸而臉紅心跳。那年我十歲，似乎早熟了一點。

下學期剛開始，我們被分配到同樣的外掃區，三女三男的大榕樹下，陰暗潮濕，落葉堆下藏不少蛇蟲鼠蟻，春日剛臨，更是猖獗無道。多數時候男生們吵鬧亂叫，因為發現了蟲子、老鼠，偶爾是奇怪的非洲大蝸牛，隨手用地上撿來的樹枝勾纏著，嚇嚇同掃區的女生，或者帶回班上當作戰利品般炫耀。

而不知什麼時候開始，蝸牛多了起來，每天早上，男生們比賽自己撿了多少隻蝸牛，一隻疊著一隻、一隻數過一隻，地都不願掃，掃具亂丟一地，落葉被翻得四散紛飛，只為了尋幾道昨夜不經意被留下的凌亂蝸篆，去抓一隻隻的蝸牛，翻找出來把玩戲弄，然後嘲笑戲謔誰找到的大或小，淨是些無謂的比賽，卻是男生們熱衷且不膩的每日遊戲。我偶爾無聲息的湊近，為的其實也是多接近、了解那個男孩一點，卻也不得不板起小組長的臉孔，斥責他們的偷懶。後來，一如當時摸索而深陷某種情緒一般，女孩也感染了好奇，玩起相同的遊戲。

一種只被允許存在於童年的無知。

某日，男孩們如往常循著黏膩的反光軌跡翻找落葉堆，找到了兩條挨在一起的蛞蝓，當時我們稱牠叫無殼的蝸牛，且荒謬、無理地把牠們的性別定義為女性，而揹著殼的蝸牛則是男性，還曾有次他們惡作劇般把當天翻找到的蝸牛跟蛞蝓疊在一塊兒，只因當時的生物課本裡頭有些蛙類、蛾類在繁衍時交疊或交尾的圖片，所以男孩們天真的認為只要把牠們疊放在一起，就會生出小孩。

所以發現那兩條幾乎是交纏在一起的蛞蝓時，男孩們呼喊了起來，語氣裡帶著一絲錯愕與噁心，大聲叫著：「矮額，你們看，女生愛女生。」我們一群人湊近落葉堆，而我喜歡的那個男孩把兩條蛞蝓挑弄了出來，放在旁邊的石頭上，並出聲示意另一個男孩到教室拿開同樂會時煮火鍋用剩的鹽。在等待的過程中，一邊撥弄兩條蛞蝓企圖將牠們分開，一邊噁心的發出嘖嘖聲響。

後來離開的男孩帶了一小半包的鹽回來，蛞蝓們之後被夾叉到有太陽的地磚上，然後被翻了過來，平常爬行用的足部還呈波浪狀微微顫動著，底下管脈汩動清晰可見。他們用樹枝稍稍固定住蛞蝓的兩邊，然後撒上鹽，看蛞蝓掙扎蜷曲扭動著，體表的黏液慢慢被撒上的鹽吸乾，整隻蛞蝓也逐漸乾癟，卻也奮力地扭動似乎想要甩開身上的鹽粒。男孩們見狀，更是將鹽巴往蛞蝓身上倒，直到堆了一座小鹽山在兩條蛞蝓身上，且蛞蝓也不再扭動的縮成一小片壓在鹽山底下，周圍溢出了一大灘黏液，說不出的噁心。男孩們拍拍手起身，講了句：「好了，處罰結束。」留下我們三個女孩圍著那兩灘遺體，不知要掃掉，或者將牠們留在原地。

那天之後，我再也無法喜歡那個男孩了。

而這件事也變為小學時期最鮮明衝擊的一段回憶，甚至到現在，都沒有辦法忘記，只要在路上看見拖行過而留下的反光篆跡，就會讓我想起那兩條蛞蝓慘死的模樣。

妳驚愕著我童年的小事，同時埋怨著我小時同伴的殘忍，問著我為什麼不阻止他們，我說：「因為當時的我喜歡那個男孩，所以無法阻止他做任何的事情。」妳用眼神責備著我，但那樣的譴責只停留在妳眼底一秒，隨即飄現的是調侃，妳說：「怎麼現在不是這個樣子了？霸道的很，說不可以就不可以。」

帶著長時間培養起來的默契，我們相視笑了，結束課後的運動，往餐廳走去。

※

由這件事所勾纏起的另一件事，從腦海裡面浮現，屬於我不願提及的部分，儘管兩件事情相隔遙遠，卻也有斬不斷的牽連。當時的三個女孩子裡，有一個我極為要好的同學，我們同班六年，幾乎做什麼事情都在一起，外掃在一塊兒、放學一起回家、戶外教學同一組、畢業旅行睡在同張床上，連放學後回家也老是通電話，恨不得二十四小時黏在一塊。我也總以為這段友誼會天長地久，會一直分享生活中的大小事，以及那些有關女孩的一切小秘密。

無奈一張卡片戳破了這樣的幻想，畢業後的她因為父母工作的緣故，必須轉往另一個鄉鎮就讀國中，在離情之下，她無法抑制地用她一貫甜美的字跡寫了張感情滿到溢出來的畢業卡給我，但內文使我驚懼，我還沒把卡片看完，就甩開拒讀，彷彿紙上沾了什麼髒東西似的。其實內文不外乎道別，以及常保連絡這些，但突來的關於「喜歡我」且「不想只是朋友」，卻讓我發起了矇，內心纏亂如麻，腦子裡瞬時想起那兩條癟成乾片的蛞蝓，一身惡寒。

之後我像是逃魘似的奔竄而去，從此與她斷了音訊。

往後的六年，到高中畢業為止，我們不再有任何的接觸，甚至連在路上偶然的擦肩也沒有。這六年對一個青春女子來講，就是生命裡的光華之始，明媚青春的開頭，也同樣是慘綠的年歲。儘管手握這樣大好的年華，但我反覆的泅在升學制度裡，不曾喘息，國中三年磕碰跌撞，只為了考上縣裡的第一志願，一所女子高中。

如願後，多了時間反身觀看自己。對於老師口中將到未到的大學失了興趣，再無心於書冊之間，且無力與一切大小考試對抗。鎮日埋首躲進圖書館，胡亂鑽入冊頁的字裡行間，散文、新詩、小說，國內外來者不拒，很單純的只想替不安的青春年歲找一條生路。而當時抬首環身皆是女子，同我一般白衣黑裙，巧笑盈盈，然後我總會想起交纏在一起的蛞蝓，還有那段陳年往事，不能說的秘密。

儘管在這個植滿欖仁樹的翠綠校園中，那樣的事情不算禁忌，隨處可見牽手勾纏，感情過好甚至超越友誼的，其實隨地可見。但心底的疙瘩仍在，緊緊的黏附在痛覺神經上，觸目皆懼。

但後來，儘管我仍然害怕那些目光，卻無法抗拒妳成為我生活裡的特例。

※

高中畢業前幾個月，剛滿十八歲的我們異常地渴望酒精，大考過後，每夜飲酒尋歡，幾個女孩在寢室裡歡騰嬉鬧，無法無天。十八歲，就像解禁的咒術，可以光明正大拿著身分證買酒，儘管身上還穿著制服。當時的自己迷上一款甜酒，夏日蜜蘋果，每次非得要喝盡兩三罐玻璃瓶，滿臉通紅到神智恍惚才肯罷休。

十八歲的身體也渴望感情，同時渴求某種澆不熄的慾，由腹底燒上來的火。

一切的意外都是美麗的，也是蓄意的。

喝得太醉的那天，其實醉過一定程度，意識反而敏感且清明，所有體表神經都醒。當時的操場無燈，翹了晚自習的我們總一邊喝酒一邊散步聊天，茫了醉了就倒躺在球場上，看著夜空數星，等晚自習快要結束了，才醉醺醺地跑回去點名。當時可能只想知道接吻的滋味，所以藉酒蹭吻了身旁不抗拒的妳。

那夜妳跟著我回了寢室，像抓浮木似的溺抱著彼此，但我不清楚自己想抓住的到底是誰，或者到底想抓住些什麼？我們一夜無話，腦子裡的思緒尚未安歇時，我朦朧睡去，就夢見了十歲時的自己，十歲的那天，兩條蛞蝓。

接下來等畢業的日子裡，已經上大學的我陪著妳準備指考，並似有若無的交往起來，但屬於妳的那份特別突然間變質了，我開始興致缺缺的與妳談著感情。在與考試無相關的幾堂生物課上，老師突然再次提起了蝸牛與蛞蝓。這次我已經沒了以往玩笑的心情，突然仔細地寫下筆記。

蝸牛又可以被稱作甲殼蛞蝓，大多屬有肺目，習性與血緣皆相近，且多數是雌雄同體。妳驚愕陪著妳準備考試而百無聊賴的我，難得神智清明，我在一聲一句的話語中震盪，耳膜受盡敲擊。

之後，我難得誠實的告訴妳這段往事，妳天真的說：「真好，牠們可以不管性別，去愛自己所愛的對方。若真的說起來，我們其實不是蛞蝓吧，是蝸牛。」我問為什麼，妳又說：「因為，我們的肩上都背負了太多的期待，就算卸下了像吊橋一樣沉重的黑書包，還是無比厚重，就像揹了一個殼，獨自為家。」

是啊，我們都揹了個殼，獨自為家。

後來我們還是分手了，就在畢業典禮之後，和平且理性的協議分開，轉身分離後，妳衝向我由後背環抱了最後一次，很緊也很重，在旁人眼裡看起來，似乎也只是因為畢業而分離的不捨，但真正如何，確實只有自己知道。然後我約了另一個她見上一面，六年不見，儘管在同樣的城市唸了三年高中，卻從未偶遇過。她出落得很好，一頭長髮披肩，剪了個可愛的齊平瀏海，襯著大眼。再見時，她有著我不曾預想的興奮，碰面時她激動地拉著我說：「天啊！我沒想過會再見。」是啊，我也不曾想過會有這麼一天。

那天我並沒有開口問她當時的卡片，她則獨自訴說著自己這幾年的感情狀況，就像是十八歲的女孩見面時慣常的那些話題，傾訴的句型和題材總是千篇一律。她說自己在幾個男孩間來去，不管怎麼樣都找不到自己合適與喜歡的類型，輾轉幾任男友，她也累了、乏了、煩了，不知如何是好。後來她問起了我，我說：「我曾和一個女孩在一起。」語畢，我看見她的眉頭在一瞬間顫擰，然後若無其事撫平，對著我微微的笑了，很柔很暖也很假的那種微笑，讓我心底發寒。

我猜，我們可能不會再見面了，但道別的時候，我並未說出口。

對著妳說實話的那晚，我們仍同擠一床。睡去前我問妳：「欸，妳覺得，我們也會被處死嗎？」像那兩條蛞蝓一樣。妳嚶嚀了一聲當作回應，意識早已沉到我無從觸碰的黑甜夢境裡，那是個我從未想去探索的領域，又或許，妳根本就不想讓我窺探，一如我隱藏在夢裡那些過多的祕密。

我悄悄環上妳的腰際，很輕很柔，深怕弄痛或弄醒了妳，並用額抵著妳骨感分明的背，聽著那規律而平穩的呼吸聲，頓時覺得安心想睡。這時突然想蜷身成殼，安在妳的身上，跟著妳走一輩子，儘管這是不可能的事情。所以只能更安靜地在妳身後濡濕了一片，妳不會覺察的，在破曉時就會蒸乾的如夜露一般的幾滴眼淚，猜想著終會分開的結局。

我們揹著殼，各自為家。

但是我仍慶幸，此刻的妳，曾聽見我用蝸角歌唱，並這樣平穩安靜的躺在我的身旁，就算只是我們彼此生命裡的一瞬，也足夠了。

鄭順聰：

這個作者一開始是董啟章，中間有邱妙津，到最後文字又有一點駱以軍，這個作者真的非常的厲害，如果我是出版社，我就會選這個作者，這個看到最後我眼睛快掉出來了。

袁瓊瓊：

這個同學寫的東西非常成熟，這篇基本上沒有辦法找出缺陷，這位同學真的寫得非常的完整、非常的成熟、非常的無懈可擊，裡頭表達的東西很豐富。

彭樹君：

我在看的時候我就覺得很驚艷，它的文字、結構、主題、渲染力都是一流的。它是用一種非常精準的方式去寫女女之間的感情，但它有轉折。一開始的時候它寫到的是他小學時候曾經喜歡的一個男生，然後那個男生是怎樣用那個鹽巴去澆蛞蝓，他在回憶這件事情的時候，他只有一句話說：「那天之後，我再也無法喜歡那個男孩了。」就點到為止講到這邊，他其實在講的是一個自我性別的認同。

他中間串聯裡面另外一個女主角，其實這篇他是寫給這個女的，可你用聽見我用蝸角歌唱，那這裡面有一個很深的感情。我常常覺得同性之愛往往可以把情感寫得更細緻，他們常常有一種更細緻的情感在裡頭，因為裡面有一種純粹，他不像異性戀或者有其他的條件，或是其他思考。

同性之愛，就是一種純粹的情感，那我在這篇裡面看到那種純粹，他的文字的那種渲染力，會讓你進入他的世界，那種血淋淋的魅力，我在看的時候是非常的 enjoy 在這閱讀的整個過程裡頭，那看完之後才覺得有點可惜，覺得說就結束了。所以一篇文字，一篇散文，或者說是一篇小說，他在讀的時候會把你帶領進去，領你進入他的世界，然後你跟著他的情感、跟著他的情緒，一直在裡面，你進入到他的心境的時候，我覺得那是很享受的，你的文字是不是有一種發自你內心的不吐不快，你有話要說，你就是要把一件事情說出來。

袁瓊瓊：

我覺得這篇要講得比所謂女同性戀的議題更大，因為這個女主角一開始是喜歡男生的，當一個女同學跟她表白說：我希望跟妳不只是朋友，她嚇到。她那個時候被女孩子間的彼此喜歡所觸動，但是她嚇到了。這說明她不是天生的女同性戀，但是到後來她卻跟她的好朋友發生了親密關係。她敘述得很奇妙，兩個人有了關係之後，她反而說「屬於妳的那份特別突然變質了，我開始興趣缺缺的與妳談那個感情。」兩個本來是非常要好的朋友，但是在產生所謂同性之愛的時候，她反而覺得兩個人在一起乏味了。

最後，兩個人分手，但是不可否認，兩個人的生命曾經有過這樣的交集，那是一個她們共有的秘密。我個人覺得她這篇東西裡頭包含了很微妙的情愫，不知道作者本身有沒有自覺，她其實談到年輕人的「愛的啟蒙」。

我以前曾經跟一個年輕的同性戀朋友聊天，我問他為什麼會成為同性戀，她給了我一個非常有趣的回答，她說我不是愛上同性，是我愛的那個人正好跟我同性。所以我會覺得：你們這一代對於愛的對象的選擇，是在一個更開闊的狀態。愛的是內裡原本的那個人，如果她是同性妳就做同性戀，如果不是同性妳就成為異性戀，這篇東西裡有這樣子的意味存在。

最後作者寫說，「我們有各自的殼，各自為家。」或許會覺得她是害怕這樣會像蛞蝓一樣被處刑，所以放棄她的同性戀身分。但我的解讀是：作者其實在說：她愛的啟蒙那個階段，在同性的部分，已經開啟，並且結束了。而下一個啟蒙的階段，可能是跟異性的。我覺得她表達出一種非常細膩、微妙的、愛的成長狀態，所以我覺得這個同學了不起，不知道她是自知還是不自知的，她觸碰到一個非常神秘奧妙的部分。

鄭順聰：

袁老師講得很好，就是現在至少愛，它不是先確定你是男生女生，而是你愛他之後才發現他是男的女的。覺得文學作品是這樣子，並不是因為它是寫男同志、女同志，或是寫別的題材我就會選這一篇，重點是她寫的內容，她很細微的把她的感情狀況跟蛞蝓做呼應。

而且她的句子非常的好：「十八歲的身體也渴望感情，同時渴望某種澆不熄的慾，由腹底燒上來的火。」為什麼是腹底？這樣子的描寫，這是真的事情。然後我覺得她的結局也寫得非常的好：「我們背著殼，各自為家。但是我仍慶幸，此刻的妳，曾經聽見我用蝸角歌唱。」那她用蝸牛話語其實是很用心的把這些相關的東西集合到她的情慾、她的體驗裡面。

彭樹君：

她主要不是在講女女戀，而是在講一個自我追尋、一個自我追尋的過程、一個愛的追尋。我們在成長過程其實都有這樣的困惑，在這個過程裡面，她愛了一個人她也被愛，然後當然會對於自己的身分或者是自己愛的對象，產生一些問號，或者是說會有些懷疑，最後產生倦怠或害怕，裡面的意象我覺得用的非常的好。她這個文字血淋淋的，我覺得是一種血淋淋的渲染力，那同時蝸牛跟蛞蝓的意象也是血淋淋的。

這個蝸牛，她在說小的時候覺得有一種非理性的分別，蝸牛是男的，蛞蝓是女的，所以一直有蝸牛跟蛞蝓的意象出現。然後文字好極了，她在最後一頁的時候說：「我們其實不是蛞蝓吧，是蝸牛。

因為，我們的肩上都背負著太多的期待，就算是卸下了像吊橋一樣沉重的黑書包，還是無比厚重，就像背了一個殼，獨自為家。」看到這邊有一種心裡面被觸動，要掉淚的感覺。當然我不是女同，可是我覺得那種情感進去了是一樣的。然後最後，因為她已經決定要跟她分手了，她說：「我悄悄環上妳的腰際，很輕很柔，深怕會弄痛或弄醒了妳，並用額抵著妳骨感分明的背，聽著那規律而平穩的呼吸聲，頓時覺得安心想睡。這時突然想蜷身成殼，安在妳身上，跟著妳走一輩子。」這個情感寫得可收可放，她那種血淋淋的魅力，整個就是把你這樣子帶領進去。

第一名：〈若妳聽見我用蝸角歌唱〉

中文四　陳詠雯

第二名：〈話景〉

中文五　黃欣喬

第三名：〈十米拉鋸戰〉

中文四　吳俊廷

佳　作：〈血脈〉

中文四　何沛恩

〈牽手〉

公行一　曾莉雅

〈無棲生活〉

中文四　曹育愷

彭樹君：

評審現場，老師們總是會說許多話，其中一定有讚美，但也有批評，但願同學們可以了解，這都是出於一片赤誠，希望同學們可以有所獲得。如果有直言之處，請同學們不要覺得氣餒，創作應該是一件快樂的事，我相信同學們也有足夠的勇氣接受善意的評價。

如果可以，我也希望與同學們有些日後的聯繫，如果能給同學們一些寫作上的建議與鼓勵，我非常樂意。

鄭順聰：

各位在寫作的時候要敏感、要脆弱，可是當作品公諸於世的時候就要堅強，因為到了這個程度水準都已經很高了，再來就是風格、取向跟思考、切入點的不一樣。所以各位同學看我們講得比較嚴厲的話，也不要放在心上，就把它當作一個鼓勵的動力，你聽到些意見之後，不要灰心、不要挫折，把這些悲憤化為力量寫更多的作品。

彭樹君：

同樣的一篇作品總是有不同的看法，每一次的文學獎評審現場，老師們的看法也都會有落差。以我自己主編報紙副刊來說，有時無法留用一篇稿件，不是因為寫得不好，而是不適合這個版面。我想說的是，寫作這件事需要的是自信與堅持。希望同學們有熱情與勇氣，繼續在創作這條路上前進。

袁瓊瓊：

我與樹君老師的看法不同，我建議落選的同學努力失望，要化悲憤為力量，再寫一篇來投。

鄭順聰：

大家有事沒事覺得好就讀一點點，讀一點點，那就是對於你的寫作文學很好的幫助。在此鼓勵大家，希望大家持續寫，我在每個場合都講這句話，你們當中只要有誰得文學獎或著作要寄給我，如果你不寄給我，我都要去跟你要，大家加油。

講座

忠實與背叛：文學與電影的姻緣

曾被稱做是臺灣最「年輕」的「資深」影評人。十六歲開始發表電影文字，二十歲起便歷任各大報影評人及雜誌專欄作家。他創辦了輔大電影社，並以《蔡明亮研究》獲得中國文化大學藝術研究所碩士。策劃過五屆臺北電影節，為它樹立了年輕、獨立的新形象。

2009 年由侯孝賢導演延攬出任臺北金馬影展執行委員會執行長，2010 年率領同仁創辦臺灣滿座率最高的「金馬奇幻影展」，2011 年監製 20 位臺灣導演聯手拍攝的電影《10 ＋ 10》並入選柏林影展，2012 年出版專書《過影：1992-2011 臺灣電影總論》，2013 年完成備受好評的「金馬 50」，2014 年張艾嘉導演接任金馬執委會主席，受邀續任執行長。於臺灣藝術大學、銘傳大學任教，並為 Kingnet 網站、世界電影、GQ、印刻雜誌專欄作家與聯合晚報影評人。

聞天祥

電影發明一百多年，擺在幾千年歷史的文學面前，自然像個襁褓中的嬰兒；然而成長快速的電影百年來的強勢發展，又和文學之間產生了諸多愛恨交織的關連。

簡單來說，電影在成長的過程中，借鏡文學，乃是難免。從最簡單的觀影習慣來講，即使到現在，絕大部份觀眾所描述的「電影」大都只停留在所謂的「劇情」，就說明了從文學而來的敘事觀念仍然主導觀眾對文本的認知。正因為文學的浩瀚，當電影剛開始尋找自身性格與定位的時候，改編文學為電影，則成為普遍的情形。

苦口婆心的批評家們為了捍衛電影的獨立性，有人不惜反對改編。較具遠見的理論家們如匈牙利的貝拉巴拉茲則認為：「特定的內容只有通過特定的藝術形式來表現才最合適。」講明了也就是說：「如果它以文學形式表現已臻至高峰的話，那它恐怕很難改編成同樣出色的電影。」因此巴拉茲接著說：「如果把一部真正優秀的藝術作品的內容納入另一種不同的藝術形式，結果只能給原作帶來傷害。」他倒不見得真的反對改編文學為電影，只不過：「應該把原著當成未加工的素材。」剩下的，就是如何從電影的藝術角度來省思觀察素材了。

更有啟發性的見解應該是法國理論家巴贊說的。他提出了：「改編是藝術史上的習見作法。」他在一篇名為〈非純電影辯〉的文章裡，洋洋灑灑地舉出繪畫、雕塑等其他藝術形態彼此相互啟發、借鏡的例子，來說明改編並不代表衰退，相反的，它是成熟的標誌。另外，他更以布烈松根據布蘭諾小說改編的《鄉村牧師的日記》為例，說明電影有可能既忠實地反映原著精神，還維繫自己的獨創性，電影跟其他文藝媒體的締結邦交，並無損其尊嚴，還往往充實了它過度年輕的傳統。

關於這些洞見的演變及申論，讀者可以參閱巴贊的「電影是什麼？」，遠流出版社有發行大陸學者崔君衍的譯本；另外，黃建業的影評文集「潮流與光影」裡的〈電影／文學：文學／電影〉一文，也有清楚的脈絡可循；不再贅述。

文學與電影的頻繁交流已成既定事實，對文學界來講，其實有益無害。一個不滿意關錦鵬拍的《紅玫瑰白玫瑰》的觀眾，不太可能遷怒張愛玲的小說。亦即改編成電影後的成績好壞，作家根本不必負責（有時甚至得到同情），反之電影還可能帶來意想之外的讀者來親炙原著。唯一放不下的應該是害怕自己的創作精神經過「改編」這層藝術手段後，會不會變得「四不像」，到底是自己的心血結晶，總免不了先染上一層詮釋的主觀。即使像張毅編導的《玉卿嫂》，雖然堪稱所有白先勇小說改編成影像後最精彩的一部，但電影對角色心理的詮釋，卻也不見得符合原作者的心意：白先勇筆下的容哥少爺帶點同性戀情結地看待玉卿嫂和慶生宛如老鷹抓小雞的情慾關係，但張毅改編後的結果，卻變成容哥少爺對玉卿嫂有著更多的同情而接近戀母情結。白先勇可能看得心頭淌血，觀眾叫好的卻大有人在，也說明了「作者」與「讀者」角度的歧異。但如果你以為請原作家擔任改編的角色，或許就能皆大歡喜？那又過於樂觀了，因為作家如果只從文學的角度去思考劇本，而荒廢電影的特性，那編出來的只不過是影像式的註解，又何必多此一舉呢？

不過確實許多好作品因為電影的青睞而重新獲得重視，或者更正確一點說，是擴展它原本的讀者群。比方 E.M 佛斯特的小說就因為八零年代大衛連、詹姆斯艾佛利先後把《印度之旅》、《窗外有藍天》、《墨利斯的情人》搬上銀幕，而讓佛斯特多了許多英文系以外的讀者；1992 年他的巨部傑作《Howard Ends》被詹姆斯艾佛利拍成電影《此情可問天》並在坎城影展及奧斯卡大放異采的結果，更讓國內同時有兩個出版社搶譯原著，諷刺的是其中一本出自台大教授的譯筆早已完成多年，只是出版社當年一直觀望不前，不肯印行，等到電影上映，時機來了，才想到把舊稿拿出來編印上市，卻發現弄丟了一整章，而急著找譯者翻箱倒櫃補齊遺缺！而當年台灣新電影風起雲湧，不少傑作都是根據小說改編而來，片商不分青紅皂白，以為「錢途」在此，紛紛搶買兩大報文學獎得獎小說版權的奇特風潮！

再看看目前的書市，美國市場的暢銷小說家們，許多都直言不諱希望作品能被改編，不僅帶來更大的海外賣埠，豐厚的權利金也是一大原因。而跟隨小說被改編為電影而堂堂進入台灣擁擠書市的例子，也不勝枚舉。想想《將軍的女兒》厚達近千頁的篇幅，要不是電影上檔，搭配劇照出書，恐怕出版商也興趣缺缺。而本來就是暢銷作家的史蒂芬金，從 1976 年《魔女嘉莉》被成功改編搬上銀幕後，沒有一本書不是同時兼顧電影市場的，而隨著《綠色奇蹟》的賣座，原著的賣相也更被看好。不過最神奇的還是《天才雷普利》，已經接近「古董」的原著，因為重新被搬上銀幕而又燃起讀者對「雷普利」系列犯罪小說的興趣，而在中文譯本來不及跟風的情況下，很多書局乾脆先把英文版擺出來應急了。電影在本世紀發展中相對於文字的部份強勢，由起可見。

不過，電影也不是因為賣埠龐大就只能一副凶神惡煞的。今天，我們可以輕易列出一長串電影大師的名字，不論以其對美學形式的開發，亦或是人性問題、社會問題的關注，都有資格跟偉大的文學家平起平坐。然而更有趣的現象發生了！過去，文學改編成電影，似乎天經地義；現在，卻有愈來愈多從電影變成的文學，而它們在書店裡的擺放位置甚至比傳統純文學還要鮮明。不信的話，你可以很輕易地找到《變臉》、《致命遊戲》、《絕命大反擊》、《空軍一號》、《新娘不是我》……，請注意書頁上的作者，幾乎都會註明「小說改寫某某某」、「電影劇本某某某」，如果你再仔細一點翻看扉頁的英文，或許寫得就更清楚了，這些小說都是根據電影改寫的，也就是先有電影，再有小說，跟傳統從文學到電影的次序剛好顛倒。

更有趣的例子是００七，眾所皆知最早的００七電影都是根據伊恩費萊明的小說改編，然而費萊明早在 1964 年去世，他遺留的系列小說也不夠００七拍到現在，有一大部份的００七電影其實都是原創劇本，只不過「詹姆斯龐德」這號費萊明創造的角色，一直不變。所以如果你現在在書店看到００七第十九集《縱橫天下》的小說，你可以靠近一點，小說作者雷蒙班森並非原作者，他是根據尼爾普維斯和勞勃韋德的電影劇本改寫成小說體的。國內有沒有這種情況？有的，目前以美食專欄作家著稱的韓良憶就替易智言導演的處女作《寂寞芳心俱樂部》寫過小說版，易智言之後編導的《藍色大門》、《行動代號孫中山》也都有作家執筆小說版。作家林黛嫚甚至替柏格曼編劇的電影《善意的背叛》寫「中文」小說，更是特例。而當年隨著公共電視連續劇《人間四月天》的叫好叫座，蔡登山記錄民初文人「韻事」與「軼事」的同名著作「人間四月天」，也從以往的冷門書類成為暢銷書籍（爾後的《色，戒》也異曲同工），風潮所及，就連「徐志摩全集」、「林徽音全集」、甚至徐志摩原配張幼儀的回憶錄「小腳與西服」都成了「洛陽紙貴」！影視媒體的魅力驚人，而從影視衍生而出的另類文學創作，也就不難想像了。

諷刺的是好幾年前，羅賓威廉斯主演的《野蠻遊戲》在台上映，根據電影寫的小說擺在書店最醒目的位置，而正牌原著《天靈靈地靈靈》這部經典兒童文學，卻連個影子都找不到。講清楚一點，電影《野蠻遊戲》明明是根據《天靈靈地靈靈》改編的，電影上映時，卻又有一本畫蛇添足的小說版《野蠻遊戲》來喧賓奪主。這說明了商品化社會下的奇特運作模式，《天靈靈地靈靈》如果不加個書腰說它是《野蠻遊戲》的本尊，大家根本不知道（就像茱莉亞羅勃茲主演的《絕對機密》上映後，書名取為《鵜鶘檔案》的原著小說也立刻加強宣傳告訴讀者這就是《絕對機密》的原著，《大河戀》也發生過這種情形），而做為電影分身的小說版《野蠻遊戲》，則擺明了是要賺取電影賣座之餘的附加價值。

而觀眾為什麼看了電影還要買根據電影劇本寫的小說來讀呢？有人是怕沒看懂電影，問題是你以為「讀」過詳細劇情，就代表「看」懂電影了嗎？也有人是愛屋及烏，所以是以收藏的態度來買電影小說的。這使我突然想起自己小時候也喜歡看一本叫做「電影小說畫報」的雜誌，裡面有許多新片的劇照及演職員表，然後加上類似短篇小說的劇情詳述，當時會看這種刊物多半是「望梅止渴」，沒錢看電影，藉電影小說和劇照自行幻想罷！現在的觀眾大可不必如此。

至於該如何看待這些由電影改寫而成的文學呢？借用朱天文的一句話：「讓小說歸小說，電影歸電影。」當初她的用意是希望大家就電影論電影，而不要拘泥在原著是怎麼回事；現在也可以倒回來用，大家不妨從文學的角度來省視目前眾多由電影改寫而成的小說，到底擁有多少文學價值呢？

這次演講以《紅玫瑰白玫瑰》、《窗外有藍天》及《東邪西毒》來討論「無修飾改編」（literal）、「忠實改編」（faithful）與「鬆散改編」（Loose）三種角度，說明文學與電影結緣後的不同結晶。限於現場演說乃配合影片邊放邊講，很難單純用文字轉達。再者我認為這是當天與聽眾之間的特殊交集，請容許我不做橫向移植。有興趣的讀者可以參考拙著「攝影機與絞肉機：華語電影 1990 - 1996」（《紅玫瑰白玫瑰》）與「世界電影」雜誌（《窗外有藍天》）、（《東邪西毒》）對這三部電影的詳述，或可發現另外的趣味。

風水輪流轉。讓我們也換個角度看。上個世紀初，取材知名文學是電影吸引觀眾進戲院的好方法；到了世紀末，能被改編成電影的文學卻變得洛陽紙貴。

一樣是好看的故事，看電影不就得了？

不！

我不是比賽文字和影像誰強誰好！尚米特里不是幾十年前就說過了嗎？「在文學作品中，詩成為波浪；在電影作品中，波浪化為詩。」硬分高下，不是跟政客把顏色當成真理看的水泥灌漿腦袋一樣死板？既然我們都高呼電影不是只有把其他藝術隨便「綜合」一下就成的拼裝貨，文學之妙又豈在表面故事？兩者即使因閱聽者習慣的改變而有所消長，紙本閱讀與影像欣賞各自的魅力並無法全盤取代。

以《窗外有藍天》為例，同樣是二十世紀初，佛羅倫斯，一對英國男女在一家小旅館為了看出去的風景而交換房間，卻展開一場超乎旅遊計畫的戀愛。我欣賞導演詹姆斯艾佛利用大量短鏡特寫把廣場上那些毫不遮掩陽具、肌肉、以及人頭戰利品的雕像，來表現義大利帶給英國淑女露西（海倫娜寶漢卡特飾）那種異國的感官的震撼；卻也不想因此錯過閱讀原著作者 E.M. 佛斯特用露西在書店買了波提切里的「維納斯的誕生」複製畫時，想起住在同一所旅店的同胞批評赤身裸體的維納斯如何糟蹋了這件藝術品的謬論；同樣指出了兩種文化情感表達與解讀的衝突，但節奏、韻味全然不同。

更何況張愛玲筆下「也許每一個男子全都有過這樣的兩個女人，至少兩個。娶了紅玫瑰，久而久之，紅的變了牆上的一抹蚊子血，白的還是『床前明月光』；娶了白玫瑰，白的便是衣服上沾的一粒飯黏子，紅的卻是心口上一顆硃砂痣。」你能想像這段文字若採橫向移植、直接影像化的恐怖嗎（我甚至覺得就連翻譯為其他文字都是折損）？關錦鵬（導演）、林奕華（編劇）應該也是這樣認為的。改編，成了另類的致敬；膜拜的那尊金身，有些地方寧可原封不動也不敢貿然擦拭。

是為了圖速度快，所以只看電影？那也不見得划算。君不見李安把「短短」萬餘字的《斷背山》、《色戒》搬上大銀幕，全成了超過兩個小時的劇情「長」片！就算王家衛的《東邪西毒》不到一百分鐘，比起金庸的《射雕英雄傳》簡直輕薄短小，但要悟出那在張國榮胸腹腰間遊走的纖纖玉手怎麼一會兒林青霞、一會兒張曼玉？貫穿全片的「桃花」究竟是人、是物、是實、是虛？而這一切又怎麼推到「旗未動，風也未動，是人的心自己在動」的結論？恐怕就算搶到「九陰真經」也難一時獲得其解。誰說電影就一定比較「簡單」呢？

就量來說，我其實是看電影遠多過看文學的人，也因此我常本末顛倒。比如我是因為喜歡捷克導演伊利曼佐六0年代的電影，才認識了作家赫拉巴爾，然後成為他忠誠的書迷。並非伊利曼佐沒拍好赫拉巴爾的作品，而是從後者的文字裡（即使是經過轉譯後的），還有超出我從影片發掘到的新天地，那種從粗俗嘲弄間發展出對真實生活深切的理解及其背後的博學多聞。

我們可以不斷循環地舉證下去，來說明「同樣的故事，看電影就好」的站不住腳。就像面對「老電影不用看，等重拍不都一樣」的論調，隨時都得舉手（但不必舉中指）反對而且堅定，因為他們甚至誤解了電影。但文字轉由影像呈現，到底誰好？則無須爭論。因為，改編既不代表自己的衰退，也不等同於取代對方。

放棄閱讀，或是低估影像，就像讓自己的世界只剩單行道，失去轉圜、繞行的空間，也熄滅了交會時的光亮。

高山到大海

1957年生，花蓮人，花蓮高中畢業。曾是討海人；從事過鯨豚海上生態調查，規劃及推行賞鯨活動；發起黑潮海洋文教基金會，任創會董事長；隨遠洋魷釣船作隨船報導；執行繞島計畫；隨貨櫃船作台灣海運報導；香港浸會大學「國際作家工作坊」訪校作家；海洋生物博物館駐館作家；東華大學台文系駐校作家；新加坡文學論壇「文學四月天」主講作家；東華大學授課教師；海洋大學駐校作家。著有《討海人》、《鯨生鯨世》、《漂流監獄》、《來自深海》、《尋找一座島嶼》、《山海小城》、《海洋遊俠》、《台11線藍色太平洋》、《漂島》、《腳跡船痕》、《海天浮沉》、《領土出航》、《後山鯨書》、《南方以南》、《飛魚百合》、《漏網新魚》、《回到沿海》、《航向大海 找到自己》、《大島小島》等。曾獲多項文學獎。

廖鴻基

環境與文學

高山大海，山高海深，臺灣最大環境特色。若用立體空間來區隔，大概可分為山脈、河川、平原、海岸、沿海及離岸海域等六個空間。板塊推擠，山脈高高的隆起，河川相連，流到我們生活的平原，河川繼續流出海岸，流入沿海，直到我們離岸海域。

臺灣最高山——玉山，近四千公尺，而東部沿海花東海盆平均深度達五千多公尺，高山到深海，落差近一萬公尺，如此高山大海。

文學與環境密切相關。

我們生活在這座島上，經由我們感官連接外在環境，將內心的感受與感動，以整理過的文字，以美學方式來呈現，就是文學。

個人以為，文學能力關鍵在「感知」環境，透過個人視覺、聽覺、嗅覺、味覺、觸覺及各種各樣的感覺，如天線般接受環境訊息，感知多少，才能表達多少。

如此環境，一橫一豎是我腦海中經常的形影；一橫是大海，一豎是大山。年輕時喜歡登山，喜歡沿著溪床走，也經常好幾天在海邊行走。記得有次遇到一場暴風雨，我穿上雨衣低頭坐在灘上，讓暴風雨通過，風暴過後，我抬頭看見，烏雲裂出縫隙，一束光圈照海面，那一刻我激動的站起來，看著海面光圈，以為老天透過這光將告訴我甚麼，這時我心裡對著海話：「從那裏來，回那裏去。」我想這一刻已注定未來將走到海上去。

三十歲過出海當討海人，從潮間帶而沿海而遠洋，我的海洋生涯就這樣一步一步向外走出去。海岸，沿海，離岸海域，這三個空間就是臺灣的海洋環境。海上生活後，常被問到，為何選擇海上生活？我認為，海洋是海島居民當然的生活領域。

高山

也曾被問到，年輕時為何登山？

登山或航海，都是因為台灣高山大海的環境給予我的機會。記得小時後抬頭看山，告訴自己說，有一天爬到山頂上去，用不同於平地的視野看看這個海島；所以登山。為何航海？因為在海邊看著海天交接處，告訴自己，有一天航行到那裏去，用離岸的視野回頭看看這個海島，所以航海。

不曾受過文學訓練，文學理論我不懂得，對我來說，文學就是這片舞台上，展演著的各種故事、各種現象，當我用腳跟心閱讀這座海島，慢慢讀懂這些故事。

東部斷層海岸，清晨的山頭非常清朗，大約十點鐘過後，山頭便攔住了海上飄過來的煙雲水氣。午後，你的額隆常頂入雲端，指掌伸展半空，隨手便攔了些漂泊的山嵐煙雨。

臺灣山脈高度，足以攔擋海上氣流，攔住水氣。這山頭降雨，一方面滋養山林，若遇颱風豪雨，將崩塌為土石流。

我們的山，降雨在自己身上，承受海洋帶來的豐沛水氣不斷崩塌，她容忍千百年來的剝離，承受千百年來宛如削肉剜骨的屈辱，同時，她也抓了些水氣，涵養一代代植被，直到森林形成，樹木為了站穩自己，根系緊抓土石，我們的山，以靜覆動，以從容負重，以蹲下而維持站立的機會。我們的山，長時如此忍辱負重，抓住了臺灣的高度，而這高度仍然是太平洋西岸巍巍一段奇蹟。

每次登山看到蒼鬱森林，都會讚美讚嘆。你閉眼、後仰、深深呼吸，枝枒開張，外頭的世界，已然幾番起落。

山頭春天短暫，因為短暫，所以用力燦爛。每次登山，很喜歡觀看山上形形色色各種花朵，名字並不重要，重要的是，我能感受到他們受環境影響而特別的用力燦爛。山頭處處可見，一不留意就錯過的野性。

季節變化，山頭最是敏感。葉尖凝結水滴，時間完全靜止，深山裡，你們懂得留一點機會與時間糾纏。其實每次登山都覺得辛苦，常想著，為什麼要離開既溫暖又方便的居家生活。總是勉勵自己，走出去，受點苦，付出點代價，將看見人世、城市以外的風景。

有次登山遇到一場大雨，身子淋濕了，回程就借住一位太魯閣族老先生家裡。老人家八十幾歲了，獨自在山裡頭生活。這裡沒電、沒水，老先生還是燒熱水給我們洗澡，一邊給爐子添柴火，他一邊說：這種天氣啊，洗熱水越洗越冷，洗冷水才會越洗越熱。

天亮後，清楚看到老先生的前院、後院，山景之美遠超過城市裡的任何一棟豪宅。

道別那一刻，老先生的女兒剛好上山來看他，女兒告訴我們：我父親送別方式不是揮手道別，而是用唱的。在他女兒要求下，老先生吟唱了起來，當我們走山路已離開一段距離，耳朵還縈繞著老先生的道別歌聲。

你的美在這裡靜止。

河川

山高水急，臺灣溪流湍急，河川下切作用相當明顯——那麼急切的，你們在高高山頭相互招引，只要給點斜度，很快的便找到了下切的角度，一路刮擦、磨蝕、掏空、蹂躪、仿若絕望的一場傾瀉。世界知名的風景區，太魯閣峽谷，便是這樣形成的。

我喜歡走溪床，背起簡單行囊，沿著溪谷走，通常走個把鐘頭後就看不到人影。山谷裡溪水乾淨，石紋裸露，曲扭摺皺，每顆石塊的背景都非凡顯赫，石紋中的每道紋層夾縫所透露的地質故事，年代可能都比整體人類的歷史還要悠久。看了這些，我常想，我們到底在驕傲什麼。

臺北有淡水河，高雄有愛河，人們傍水而居，幾乎每個城市都有一條主要河流為伴。出了谷後，河川流經人世，沾了一身紅塵，河水變得混濁。

現代人常覺得忙碌，到底在忙什麼，也不知道，仔細想想，忙碌的往往無關緊要，我們常忙於看起來需要但其實並不需要的複雜，讓我們沒時間停下來好好看看我們的山海河川，沒時間看看我們簡單自在的風景。

溪床處處留著痕跡，鳥走過，風吹過，水流過，還有太多太多講不完的各種痕跡，這些痕跡往往比雕塑家雕出來的浮雕作品還要美麗。

天地大海及萬物，到處都是美麗的線條，美麗的顏彩，美麗的故事，不停地敘說。

有一次一個國外朋友來找，我們站在海邊看著往天空的白雲，忽然一架噴射機飛過，凝結雲劃出一條線，像一把刀子割過天空，人為痕跡往往粗魯醜陋。

平原

季節變化其實在城市角落、校園角落處處可見。

各種昆蟲，各種花朵，到處都是春天的腳跡。我試著用相機把這些拍下來，看見的風景才會按下快門。啊，人類的所有創作往往比不上大自然的隨興跟隨意。一片葉子，人類模仿得出來嗎，單單光合作用，我們的文明科技能力一點也無法模仿。這線條、這葉脈，也沒有任何藝術家能完整臨摹。一片葉子都勝過許多人為創作。

有次搭火車看到這棵葉子變紅色的樹，忽而遇見如火花閃現的片刻，這一刻，我的心弦，好像被撥動一下，也許這就是所謂靈感。出去走走吧，引發我們的靈感。創作不靠靈感，靠的是靈感的累積。

我喜歡觀察這些自然現象，看到樹上新葉、舊葉互陳，不就是書上說的春秋代謝，世代交替嗎。這些往往是一場不期然的交會，也許簡短，但往往有光、有熱、有愛。

海

當溪水流至河口，一路奔騰終於來到，這時，輕重緩急都有了確定的表情。一片海、一座山、一條河、一片平地，最後都來到河口會合，像個約定的集會，有些是回到家，有些是將從這裡出發。

河口是個生態豐富的地方。有次我走到某個河口，看見有個小朋友在水裡打出大片水花，高聲呼叫，一看就知道是溺水事件，這小朋友看起來大概小學五、六年級，我猶豫了一下，到底有沒有能力救他，我左右看了一下，就是一根漂流木也許就能幫上很大的忙。我左右看了一下，還在猶豫時，一個成年人比我勇敢，毫不猶豫，直接就衝下水去，於是我的面前就打出更大片的水花。

一陣子過後，這位成年人自己游上岸來，竟然沒救那個小朋友，後來，那個小朋友跟著游上岸來，這分明不是溺水事件，小朋友會游泳。

這成年人用很奇怪的姿勢提一條魚上來。他的拳頭從魚的嘴巴穿出，就這樣把這條魚給提上岸來。

我過去問小朋友到底怎麼回事？

原來，這天小朋友在河口邊釣魚，用小小的釣竿，細細的釣繩，沒想到給他釣到一條大魚，這條大魚他知道小小的釣竿細細的釣繩，絕對得不到這條魚。但他記得讀過一本漫畫〈天才小釣手〉，漫畫中這位小釣手得到魚的方式是，順著魚繩下去把這條魚給抱上來，小朋友也想得到這條魚，所以沿著釣繩下去，抱住這條魚，沒想到魚的掙扎力道很大，他沒辦法順利把牠抱上岸來，於是掙扎打出水花大聲呼救，並不是溺水事件。

這位成年人游到小朋友身邊才知道怎麼回事，也沒帶什麼工具，靈機一動，把拳頭穿過魚鰓，從魚的嘴巴穿出來，硬是將這條魚給提上來。

常常走海邊，假期有幾天，就在海邊流浪幾天。我的耳裡常盈滿不曾停歇的拍岸濤聲。慢慢的我聽見更多，為什麼我走一段海邊，我會累，我要坐下來休息，而海浪二十四小時三百六十五天從來沒停過，海洋到底是怎麼樣的生命。我聽見了永不息止的滾動。

不斷地走出去、航出去。我是用這樣的方式來感受滋養我們的這一片舞台，並且得到創作的養分。浪打在沙灘上，和浪打在消波塊上面發出的聲音當然不一樣，柔美的旋律如今變成一道道雜音，為什麼我們要用這醜醜的水泥消波塊來取代原本美麗的沙灘呢。我的學生告訴我，沒有辦法，臺灣很多段的海域都是侵蝕型的海岸，所以水利單位必須用這些消波塊來防止海岸的侵蝕。這樣的回答聽起來好像很有道理，其實，防止海岸侵蝕的工程方法至少二、三十種以上，而拋置消波塊，是一種最低等最落後的工法，為什麼我們對待我們的海岸，用最落後最低等的工法，而且一用用了二、三十年不變，因為我們覺得海邊是邊陲角落沒有關係。

臺灣一千五百公里海岸線，一半以上已經變成這樣子，越過水泥護堤，便聽見兇悍的浪濤空打著寂寞，我們美麗的沙灘、海灣不見了。我問我的學生說，喜歡到海邊去玩嗎，沒有一個不喜歡。走到海邊，海風一吹，心情變得不一樣，帶學生走海邊，他們最常拍的照片不是跳起來，就是飛起來。

海岸應該是海島居民重要的生活空間，海邊雖然是我們腳步的終點，卻也是我們無窮希望的起點。

臺灣站在東亞陸棚邊緣，東部花東海盆，平均深度達五千多公尺，北半球流速最快的海流，北赤道暖流，俗稱黑潮，黑潮被形容是地球上的主環流，也有人誇張的形容是地球的主動脈，這麼大的自然力就靠在我們的身邊。我在黑潮上頭捕魚，在黑潮裡觀察鯨豚，因此，我的書寫裡常詠歎黑潮。

若能把黑潮動能跟熱能運用在臺灣陸地上的話，臺灣石油煤炭就不用進口了，核電廠也不用一座一座地蓋。黑潮影響的不只是臺灣，影響的是整個東亞，它從島縫間穿過分別在東亞陸棚形成暖流，成為漁場。若看懂黑潮的重要，並借用它一些能量用在人世，這就是我們的海洋機會、海洋資源。

持續的風深掘海水，浪被推擠得情緒激昂，湍湍旁過島嶼邊緣，一股深沉的力量持續推著浪走，黑潮是臨近臺灣且持續永恆的最大天然力，它流通海島血脈，也時常激動我的心情。我在這裡生活，我感覺到生命的答案應該在黑潮裡頭可以找到。曾有文學評論者說：我的作品中對臺灣有濃得化不開的感情。我想是因為我用大山大海的角度在看臺灣。

當我們自覺渺小，並懂得用我們的感官，用我們生命天線去連接這座島嶼大自然的浩瀚跟宏偉，並學習大自然隨手揮灑的氣度，一個平凡人將有機會變為不平凡。

個人有限，個人以外的世界才是更寬廣的世界，如同海島有限，因而必要轉過頭來，看見寬廣，引用寬廣來彌補自身的有限。

有一年冬天，鏢漁船上我擔任指揮工作的二手，我們遇到一條約兩百公斤的白肉旗魚，這條魚抓上來少說十萬塊錢起跳，在我指揮下，船隻已經一步步靠近獵物，靠近到我認為鏢手應該要出鏢了。但我們的鏢手竟然遲遲還不出鏢，沒什麼道理放十萬塊錢游在船隻前面，還不伸手去撈。於是抬起頭想問鏢手，為何還不出鏢。抬起頭一看，前面空空的沒有人，鏢手不曉得跑哪裡去了。鏢手是跌下去了。魚類故事，漁撈故事，真是講不完、寫不完的海洋文章。

黑潮靠岸，將西太平洋大洋性生態推靠近台灣東部岸緣，帶來許多大洋浮游動物，鯨豚就是其中最具代表性的一種。鯨豚不過八十種，臺灣短短幾年已紀錄到二十八種，種類佔全球八分之三。

1997 年 7 月臺灣賞鯨船開出去了，我們終於有機會來到這海域拜訪這海上鄰居。不管在工作船上，賞鯨船上，常看到牠們一對對游在一起，頭貼著頭，身體貼著身體，很親密的游在一起，跳出水面也在一起，換氣呼吸也在一起。

在賞鯨船上我曾經擔任解說員有四年時間，其中印象最深刻的事，有一年，情人節，海豚好像知道這天是情人節，在船邊雙雙對對，恩恩愛愛的出現，這天來到甲板的遊客也都是情侶，情人節這一天，舷內舷外，恩恩愛愛，愛成一大片。只有我一個孤單的拿著麥克風在解說，心裡嚴重的不平衡，我就透過麥克風告訴遊客們說，牠們跟情人無關，特別強調「無關」這兩個字。我的用意只是希望讓他們來問我說，那牠們是什麼關係？我就能賣弄一下我的鯨豚常識，平衡一下不平衡的心裡。一陣子過後，前甲板有對情侶，女的狠狠瞪了我一眼，果然就問，那牠們什麼關係，機會來了我就拿起麥克風說，牠們跟母親節有關，跟兒童節有關。了解鯨豚的都知道，這麼一對一對游在一起的，稱為「母子對」，都是母子關係。

海洋是個弱肉強食的社會，所以海豚媽媽希望牠的寶寶在肚子裡藏久一點時間，所以海豚懷孕期很長。寶寶出生後，媽媽也希望牠快速長大，因此海豚奶蛋白質、脂肪含量都很高，寶寶吃了媽媽的奶，快速長大，體型已經跟媽媽差不多，其實都還在吃奶階段，所以常被我們誤會是情侶。當我做了說明後，又隔了一陣子，那個女的又狠狠瞪了我，然後追問一句，那爸爸呢？我怎麼知道牠爸爸哪裡去了，可是我還是做了回答，我的回答是，爸爸都去拜訪別的家庭。海豚是母系社會，雄性成年後真的去拜訪別的家庭。不是隨便講講，剛剛大家的笑聲中，已經把鯨豚最基本的生態都了解了。

我喜歡用這樣的方式，文學手法，對於太嚴肅的知識，用輕鬆愉快的方式，轉個彎，迂迴一下，輕鬆的了解鯨豚生態。

這個海島並不缺少美，只是缺少發現。我們的感官、我們的眼睛，到底看見了多少美麗的風景。文學感情是很重要的，對這個海島，感情有多少，才可能表達多少。感情是重要基礎，化作行動，化作具體行動，不要宅在家，不要躲在校園，走出去，去看見大自然，去看見山、看見海，看見老天給我們高山到大海這六大空間裡的許多美麗風景。

提問：

為什麼我們現在的政府，如此地強調海洋文學，那老師剛剛提到的六大空間，海洋文學在這些空間，它的重要性在哪裡？它的主體性在哪裡？另外一個想請問老師，海洋對您來說，是一個怎麼樣的東西？

廖鴻基：

為什麼要特別提到海洋文學，特別提到海洋教育，臺灣過去雖然是一個海島，我們都是海島居民，並且都依海維生。比如說，台灣經濟好不好，只要看高雄港，高雄港的貨櫃吞吐量往上爬的話，世界排名往上提，台灣經濟好轉，往下跌的話，經濟不好。凡是進口物資，超過百分之九十九點五都是搭船來到我們海島，換句話說，我們都在享受海洋帶給我們的便利。可是這個海島的我們對於海的認知，相當不足，好比父母對我們的好，我們卻說不認識父母。

為什麼海洋文學要特別提起，就是因為，過去缺的必須盡力把它補回來，照理說，我們應該有正常的海洋教育，我們應該有很多海洋專業，但我們沒有。海洋是海島居民當然生活的舞台，一個有限的海島如果不懂的用寬廣來彌補有限，叫島國心態。過去我們背對著海，失去了海洋的機會，現在必須把它找回來。海洋文學的感性，讓它是海洋教育中感性而美麗的橋樑，讓更多人讀了海洋文學篇章，對海感到興趣，而願意轉過頭來，這橋樑的功能就形成了。

提問：

老師的分享基本都是個平靜的大海。老師有沒有對於像海風天氣，以及當大海波濤洶湧的時候、憤怒的時候，在這種情景下對於海洋文學的一種感觸、一種描寫、一種感受？

廖鴻基：

我碰過最惡劣的海況是在好望角。現代的航行技術越來越好，航海設備也都越來越好，航行儀器、船隻的耐航能力等等這些，跟過去相比，都有了相當的進步。現代航海，還看星象嗎？還看六分儀嗎？不，看GPS，很清楚把船隻周遭環境都告訴你了，船隻在地球上哪個點，船的航向，航速多少，到最靠近的岸還多少距離，都清清楚楚。

我想你形容的是過去的水手，現代水手已經不再有這些情況，我在南中國海，搭六萬四千多噸的貨櫃船，氣象傳真告訴我們，前頭有一個熱帶性低氣壓，將近輕度颱風的邊緣，我以為船長會迴船，避開這熱帶性低氣壓，沒想到我們船長下的命令是直接開過去，因為船夠大，所以直接穿越。現代航行設施，已能讓水手擺脫過去對海的恐懼。

提問：

我們要怎麼去看小說對於海洋文學的創作，臺灣的海洋文學真的這麼缺乏嗎？或者在做這種小說創作，為什麼不能像是詩或散文這樣很切身的去寫。透過文學，小說跟海的關聯性，到底能不能密切，當然這是我還在思考的問題，想說老師可不可以也分享一些想法？

廖鴻基：

海洋小說最具代表的兩本書：〈老人與海〉、〈白鯨記〉。海明威經常在海上生活，剛才演講中提到，文學不是靠單一個點，單一個靈感或單一場經驗，而是累積形成的。我想海明威他從海上吸收的這些海上的經驗，捕魚的經驗，而這些經驗讓他有機會寫出像〈老人與海〉這一類的小說。小說、散文或者詩，我想是一種表達形式的不同，可以用不同的方式把它表達出來，若要書寫海洋小說，應該需要更多的海洋經驗，個人也還在摸索中，如果有機會，也很想用小說來表達我們的海洋。

提問：

我們在座有很多上臺灣文學史課程的同學，在閱讀臺灣文學史的小說時，他們怎麼跟海洋連結呢？尤其前面有說，我們缺乏海洋教育這一塊，我們就是一個海島，那文學沒有嗎？那個就是一個空白嗎？是一個欠缺嗎？還是說也許這個海洋它是存在的，是融入小說中的？是不是還有別的閱讀法，當然我現在想到最簡單就是黃春明的〈看海的日子〉，這可能是一個例子，那或者還有更多這樣子。

廖鴻基：

當然，如果我們的生活轉過頭來，開始有海上生活經驗，我想是可以期待的，過去因為背對著海，我們太少有機會可以到海上去。其實黃春明寫〈看海的日子〉是寫一個漁港故事，作者本身缺少海上生活的經驗，缺少海上捕撈經驗，所以在描寫這部分是必然是不足的。同理可說，臺灣過去為什麼缺少海洋文學？就是因為到海上去捕魚的這一些漁人，或者船員，大概都是陸地上混不下去，然後逃到海上去的，包括我也是這樣，這些人受教育程度普遍偏低，收入不穩定，所以營生的部分佔很大的比例，他們很少有閒情逸致把海上觀察到的這些轉化成文學作品。臺灣缺少海洋文學，就是過去實際在海上生活的人太少了，所以從我們的海洋教育開始之後，我想慢慢的，我們會理解，海洋原本就是海島居民當然的生活舞台。

提問：

文學跟實際對社會批判跟環保之間，我們如何去尋求一個平衡點，譬如說，我們人跟自然環境得到一個共鳴點，那可能就是一個文學，那如果這個共鳴點無法達到的話，那我們該怎麼做？

廖鴻基：

我想基本上人性是自私的，自己好就好，不會去關心別人，那進一步也不會去關心環境。如果我們願意的話，可以透過各種不一樣的方式來修正人性的弱點，比如說透過文學作品，我們跟環境的因緣關係，它可以提供我們許許多多，簡直就是我們的父母一樣，天地是父母，我們離開父母的哺育之後，其實就是這片舞台接手在養育我們，提供我們生活環境，提供我們陽光、空氣、水，提供我們雜糧五穀蔬果魚肉，提供我們生活的這些條件，所以簡直就是父母一樣。

當我們願意透過文學的連結也好，透過其他的管道也好，當我們意識到人跟環境是這麼密切的關係，就好像父母對我的關係，父母對我好，孝順父母理所當然，我們愛這個地方就會盡我們的能力去維護它，不讓它遭受無可挽回的破壞，我想這是一個文學最基本的功能吧。當文學能夠介紹出我對這個地方的感情，也許讀者讀到之後會覺得：「對啊，人跟自然的感情應該是這樣子。」他就願意調整他的行事作為，而對我們的環境進一步的關懷，我想這個是可以達到的，並沒有矛盾。

跋

本屆水煙紗漣文學獎從一百零三年十一月三日開始徵稿，截至一百零四年三月十六日，期間的宣傳海報請系上的盧笛同學設計，四款宣傳明信片則由張文慧同學設計，並在系列講座中陳列、供入場者索取。水煙紗漣文學獎系列活動的兩場講座，上學期請到海洋文學作家——廖鴻基老師，演講主題為「高山到大海」，老師以照片的串接介紹海洋周遭的不同面貌；下學期請到金馬影展執行長——聞天祥老師，主題為「忠實與背叛：文學與電影的姻緣」，老師以三部不同的影片講解文學和電影改編的關係。前者的海報請系上的凌少榆同學設計，後者請系上的鄭絜文同學設計。

第一場講座和三天決審會的簽到口處都設有講者、評審老師們的小型書展，在看見作家的同時，亦會對作家的文字更有感觸，希望以這種方式，讓更多人在網路發達的時代接觸書本。而決審會的日期因為系務評鑑關係，較原定時間延後一週，對於九位決審老師感到非常抱歉，但也非常感謝老師們仍願意為我們進行決選。在決審會第二天，舞鶴老師因為身體不適而不便出席，我們於事後拿到老師的講評，在作品集中也有放入，希望能彌補當天未聽到老師講評的遺憾。

本屆水煙紗漣文學獎的決審會舉辦於五月十九日、二十日、二十一日，為期三日。決審老師們對於作品的講評，可以帶給入圍者或是與會者的收穫，也許每個人感受都不同，但無論以什麼心情踏入決審會的場地，都希望你能帶著微小而滿足的收穫離開。

未曾有過文學獎經驗的我，從一開始的討論活動流程、送企劃書甚至到後期的活動內容，對於每個步驟、過程都非常緊張，很擔心會出什麼狀況，在真的遇到問題時也是戰戰兢兢，唯恐出了一點點包就造成重大的錯誤，或是讓文學獎有了不好的名聲。即便過程中的突發狀況還是讓經驗不足的我有些措手不及，但很幸運的，我們的決審會在與會者的支持下順利的結束了，很謝謝所有人的包容（也謝謝我最害怕的批評的聲浪沒有蜂擁而至……）。

感謝一路上幫助我們的所有人，不論是系上的老師、助教、學術組的所有成員，還是支援我們的系學會、所有的與會者，籌辦期間所遇的不可知變數，都因身邊有許多幫助我們的人，才能一次次走過，再次感謝每位參與過第十四屆水煙紗漣文學獎活動的所有人。

第十四屆水煙紗漣文學獎總召　駱筱尹

編後語

連兩年接下文學獎美編的職位，
其實只是私心想逼迫自己練習排版而已。
排版，從13屆開始土法煉鋼，
到14屆有上過專業課程後，
不知道是不是有進步呢？
希望是大家看了會覺得舒服的作品。

美編　吳佩樺

嚕嚕咪巴嘎巴嘻呀。
十年後的我看到這種感想一定會生氣吧。
十年後的我，你好，
不管你會不會生氣，
但是從現在開始的幾個月後，
拿到這本作品集的我一定會非常開心吧。
從來沒投稿過的我，
能夠用這種方式參與文學獎，
真的非常感謝。

美編　盧笛

過了一年，再度回歸學術組的工作，
也很謝謝總召願意給我這個機會，
讓我重溫高中校刊社的點點滴滴。
雖然貢獻的事情似乎也不多，
但是可以跟大家完成一本書的製作，
就是爽快喇！

文編　鄭凱謙

負責紀錄與校對的工作，
經手了數不清的文字，
不斷閱覽和學習，
了解自己對於文字的不足，
以及僅僅當一個閱聽人的可貴，
很開心能參與水煙紗漣的編輯團隊。

文編　屈瑋傑

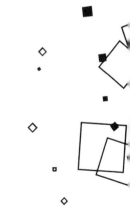

這次的經驗讓我又以不同的角度
重新認識了「編輯」這份工作，
一本書的產生並沒有想像中的容易，
看似簡單的這兩字，
包含了耐心、細心、用心……
許許多多無形的名詞，
只為了讓書籍呈現最好的樣貌。
而當完成一本書時，
最想看到的大概是——
拿到書的人發自內心的笑容、
因喜歡這本書而有的笑容。

總編輯　駱筱尹

國家圖書館出版品預行編目（CIP）資料

水煙紗漣文學獎作品集．第十四屆：深林／駱筱尹總編輯．
——初版．——南投縣埔里鎮：暨大中文系，2016.06
面；　公分
ISBN 978-986-04-8150-1（平裝）

863.3　　105003435

第十四屆水煙紗漣文學獎作品集——深林

發行	國立暨南國際大學中國語文學系
地址	54561　南投縣埔里鎮大學路 1 號
電話	(049) 2910960-2601
指導老師	劉恆興
總編輯	駱筱尹
封面設計	盧　笛
內頁設計	吳佩樺　盧　笛
攝影	何嘉修　盧　笛　鄭絜文
文字編輯	鄭凱謙　屈瑋傑
逐字稿／校稿 學術組組員	駱筱尹　鄭絜文　張慈芸　張　竫　洪健鈞　林明慧　洪可殷 陳柏逸　郭庭君　卓汶萱　劉洪甦　賴奕瑋　蘇晉緯　江依錦 戴政權　紀錦嬑　高世育　李婉瑜　屈瑋傑
印刷	合益印刷製版有限公司
初版一刷	2016 年 6 月
定價	新臺幣 320 元

ISBN /　9789860481501
GPN /　1010500268